空の乙女と光の王子

―呪いをかけられた悪役令嬢は愛を望む―

JN011190

Tsukiko Fuyuno
冬野月子

Illustration:Natsu Nanase
南々瀬なつ

キャラクター原案
絢月マナミ
Manami Ayatsuki

NOVELS

CONTENTS

空の乙女と光の王子

―呪いをかけられた悪役令嬢は愛を望む―

◆プロローグ

痛い。


苦しい。息ができない。

気が遠くなっていく。

「は……ぁ……」

少女はやっとの思いで息を吐き出した。

痛い。苦しい。

死んじゃう。

(――死……?)

ああ……そうか。私は死ぬんだ。

そう思った瞬間、少女の身体から力が抜けていった。

「……お……かあ……さん……」

おとうさん。

声に出しても、どれだけ心の中で叫んでも。彼らがここに現れることはない。

(どうして……)

どうして、本当に欲しいものは手に入らないのだろう。

可愛い洋服や珍しいお菓子《かし》、読みきれないほどの本。お金で手に入るものはなんでもあるのに。

私を見て欲しかった、愛して欲しかった。ただそれだけが欲しかった。せめて最後だけでも……抱きしめて欲しかった。

閉じた瞳から一筋の涙が流れていく。

『あげましょう』

ふいに少女の頭の中で声が響くと――ふっと身体が軽くなり、痛みや苦しさが消えていった。

「え……？」

『あなたの望みを与えましょう。ことは別の世界で』

それは優しい女性の声だった。

「別の……世界？」

『そう、あなたは生まれ変わるのです。人を愛し、愛されて世界を守る存在として』

「え……」

突然の出来事に混乱したまま、少女は強い光に包まれて意識を手放した。

◆第一章　記憶

「嘘でしょ……」

蔦《つた》に覆われ、赤い屋根が覗《のぞ》く建物を見上げてミナは思わず声を上げた。

「なんで……ここってあのゲームの……違う、小説の方……？」

突然頭の中に流れ込んできた記憶。それはこの世界にはない場所で生きていた、十六歳で死んだ少女の……。

（ああ、これは『私』だ）

ミナは刹那にそう確信した。これは自分の『前世』の記憶だと。

そしてそれと共に、目の前の建物――ブルーメンタール王立魔法学園――が、ミナが前世で遊んでいた、乙女ゲームに出てきた学園だと気づいたのだ。

（だけど、違う……ゲームじゃない。だってあのゲームは、過去の事件のことだもの）

五年前に国中を震撼《しんかん》させ、今なお多くの被害が出ている大事件。あれはそう、ゲームの中で起きた出来事の後日譚というべきものだ。

つまりここは……今のこの世界は。

（あの小説の世界ってことよね……。まさか、その中に生まれ変わったとか？）

突然蘇《よみがえ》った記憶に混乱しながらも、現状を受け入れようとして――ミナは気づいた。

（あれ？　私って……もしかして）

「悪役令嬢？」

建物を見上げたまま、ミナは呆然として呟いた。


「皆さんにはこれから二年間、魔術師としてこの国を守るための術《すべ》を学んでいただきます」

今日は入学式。壇上で行われている学園長の挨拶《あいさつ》を聞き流しながらミナはこの世界のことを考えていた。

かつて前世でミナが遊んだスマホアプリの乙女ゲーム『マリーと秘密の魔法使い』。

この学園に入った、平民から貴族令嬢となった『マリー』が、魔法を学びながら王子や高位貴族の子息たちと恋に落ちる女性向けの恋愛シミュレーションゲームだ。ビジュアルが美しくかなりの人気が出て、公式からスピンオフ小説とそれを基にしたコミックスも発売された。

その小説というのが衝撃的な内容で――ゲームのヒロイン、マリーは攻略対象全員を落とす、いわゆる逆ハーエンドを迎えたのだが。実はマリーは魅了の魔法を使う『魔女』だったというのだ。

魅了魔法を解くにはかけた本人が死ななければならないとして、なんとマリーは処刑されてしまう。

だが最期《さいご》の瞬間、魔女マリーは『呪い』をこの国にかける。そのせいで国中に疫病《えきびょう》が流行《はや》り、魔物が増えたのだ。

スピンオフ小説は魔女マリーの処刑から約五年後が舞台。

魔法学園に入学したヒロイン『ローゼリア』が聖女の力に目覚め、第二王子と共に魔物と戦い、国を平和に導き最後は第二王子と結ばれるという内容だ。

乙女ゲームのヒロインが処刑されるという公式にあるまじき設定に、発売当初はファンの間に衝撃が走ったが、呪いを引き起こした原因である乙女ゲームのメインヒーロー第一王子や、その弟で小説のヒーローである第二王子の苦悩などが丁寧に描かれ、なかなか好評だったのだ。

前世のミナも、小説版、コミックス版両方とも読んでいた。

(その世界に転生するとか……しかも悪役令嬢に)

ミナこと『ヴィルヘルミーナ』は、宰相であるフォルマー侯爵の娘で第二王子の婚約者だ。第二王子とヒロインが親しくなっていくのが許せず、嫉妬《しっと》から嫌がらせや危害を加えようとするのだが、最後は聖女を害しようとした罪で捕えられる。そして処刑されそうになるけれど、聖女ローゼリアの温情で貴族社会からの追放でとどまり、平民に落とされるという悪役だ。

(……でも私、もう平民なんだけど?)

ミナは内心首を傾げた。

確かにかつて、ミナは『ヴィルヘルミーナ・フォルマー』という侯爵令嬢だった。だが八年前に起きた事故をきっかけに自ら家を捨て、今日も『平民ミナ』として入学したのだ。もちろん王子の婚約者でもないし、面識もない。

（うーん。どういうことなんだろう……）

視線を彷徨《さまよ》わせると薄桃色の髪が見えた。珍しいあの髪色の彼女がきっと『ヒロイン』なのだろう。

（それに……）

ミナは再び壇上を見上げた。

新入生代表として、第二王子アルフォンスの挨拶が始まった。

（あの人が……私の婚約者になったかもしれない人）

燃える炎のような真っ赤な髪に、知性を宿《やど》した黒い瞳。大人びた面差しには、十六歳にしてすでに王としての気品と風格がある。

小説の中でアルフォンスとヴィルヘルミーナが婚約したのも、魔女と関係がある。魅了されてしまった攻略対象者の中に、当時の宰相の息子が含まれていたのだ。

魅了された者たちは魔法が解けたあとも復権することはなく、宰相も息子の件や対応に手落ちがあったとして失脚してしまった。そのあとを継いで宰相となったのがヴィルヘルミーナの父、フォルマー侯爵だ。

また当時王太子であった第一王子ハルトヴィヒも、責任を取る形で王太子の地位を剝奪《はくだつ》され、今は魔物討伐の中心である魔術団の副団長として国中を駆け巡っている。

代わりに次期王と目されているのが第二王子アルフォンスだ。そして彼と新宰相の娘を婚約させることで、互いの権力を強めようとする、つまりは政略結婚だ。

（でも私は父が宰相になる前に家を出たから……）

今、アルフォンスに婚約者はいるのだろうか。

田舎の孤児院で暮らしていたミナには――あえて貴族社会の情報を耳に入れないようにしていたのもあるが――そのあたりの事情は全く分からなかった。

（ともかく……第二王子と聖女になるヒロインが存在するからきっと平和が来るはず。私はただの平民だし……彼らと関わらないように学園生活を送ろう）

挨拶するアルフォンスを見つめながら、ミナはそう決意した。


入学式のあとは小説同様、魔力テストが控えている。個々の魔法属性や魔力の量を調べてクラス分けを行うのだ。

今年の新入生は約六十名で、平民は十名。それぞれの能力から判断して三クラスに振り分けられるという。

元々この魔法学園は貴族のみが入れる学園だった。だが五年前の魔女の呪いで国中に魔物があふれたため、魔術師を多く養成する必要が生じ、三年前から一定以上の魔力を持つ平民にも入学を認めるようになったのだ。

魔力はこの世界の人間ならば全て持っているが、その量は個人差が大きく、魔物と戦えるほどの魔法を使える人間は限られている。

血筋の関係なのか、貴族には高い魔力を持つ者が多いが、平民には少ない。また幼い頃から魔法を扱う術を学ぶ貴族の子息と違い、平民が実際に魔法を使えるようになるのは学園に入ってからがほとんどで、魔術師になれるかどうかも学園で学んでみないとわからない。

それでも一人でも多くの魔術師が必要なため平民を受け入れざるをえないのがこの国の現状だ。

新入生たちは訓練場へと集められた。

「わかっている者もいるだろうが全員改めて測るからな。名前を呼ばれたら前へ出ろ」

教師の前に置かれているのは大きな水晶玉だ。ここに手をかざすとその者の属性と魔力量がわかるという。

属性は『水』『火』『土』『風』の四つ。ほかに王族ならばごく稀に『光』属性を持つ者もいる。小説では聖女として目覚めたヒロインが『聖』の属性を持つと判定されていた。

「では、最初にアルフォンス殿下」

「ああ」

名前を呼ばれ、アルフォンスが前へ出ると途端に貴族令嬢の集団から黄色い歓声が上がった。

生徒たちは特に言われたわけではないが、自然と貴族、平民と分かれて集まっている。同じ制服を着ているとはいえ、貴族と平民とでは明らかに持つ雰囲気が異なるのだ。当然ミナも平民たちの中にいた。

「あれが王子様……」

「飛び抜けて素敵だわ」

平民の中で女子はミナの他に二人。実家が農家のエマと、商家のハンナだ。二人とは二日前から学生寮ですでに一緒に生活していて仲良くなっていた。

「本当に……」

二人がそう呟いているのでミナも同意するように頷《うなず》いた。確かにアルフォンスは他の生徒と比べて存在感が圧倒的に違う。

（なんか眩しい……これがオーラってやつ？　それとも属性のせい？）

小説を読んだミナはアルフォンスの属性を知っている。彼は二つの属性を持っているのだ。それは『火』と……。

「おおっ」

アルフォンスが手をかざすと、水晶から赤と金、二種類の強い光が放たれた。

「さすがの魔力量！　しかも火と光、二つの属性があるとは……！」

教師の声に生徒たちから大きな歓声が上がる。

「光って特別なのでしょう？」

「お兄様のハルトヴィヒ殿下も持っていらっしゃらないはずだわ」

「さすがアルフォンス殿下ね……」

歓声に応えるようにアルフォンスは手を挙げると、生徒たちの中へ戻っていった。

（ここまでは小説と同じね……）

名前を呼ばれた生徒たちが次々と判定されていく。そして貴族の生徒の中で最後に呼ばれるのは……。

「ローゼリア・リーベル」

「はい」

ヒロインが呼ばれて前へ出た。水晶へと手をかざすと、弱い緑色の光を帯びる。

（あれ……？）

確か小説のヒロインは水属性で、かなり強力な魔力を持っていたはずだ。水属性ならば青く光るはずなのだが。

「風属性で、魔力量はそこそことといった所だな」

メモを取りながら教師が言った。

「え、おかしくない？」

ふいに上がった大きな抗議の声に、生徒たちの視線が一斉にローゼリアへ向けられた。

「なんで私水属性じゃないの？　量もしょぼいし。この水晶おかしくない？」

「この水晶は何十年も学園に伝わるものだ、間違いはない」

頬を膨らませるローゼリアに呆れたように教師が答えた。

「まあ……なんですの、あの方」

「リーベル家といえば、最近爵位を受けたばかりの男爵家ね」

「これだから成り上りは困りますわ」

貴族令嬢たちのささやき声がミナの元まで聞こえてきた。

（うわあ……貴族ってやっぱり怖い）

彼女たちの嘲るような眼差しと冷たい声に内心震えながらも、ミナは心の中で首を傾げた。

（あの人……ヒロインじゃない？　でも名前も見た目も同じだし……。というか今、自分が水属性じゃないのかって言った？）

もしかして。ミナの頭にある考えがよぎった。

「それじゃあ次の者だ」

平民グループの測定が始まった。やはりというか、平民たちは皆さっきのローゼリアと同じくらいか、それよりも少し弱いくらいの光の量だ。

「最後！　ミナ」

「……はい」

名前を呼ばれてミナは前へ出た。これが最後だと言ったからか、皆の視線が集まっているのを感じる。

(目立ちたくないんだけどな……)

そう思いながら、ミナが水晶に手をかざしたその瞬間、パシッと強い水色の光が弾けた。

「きゃっ」

思いがけない反応にとっさに水晶から手を離してしまう。

「なに……?」

「今の色は……」

教師たちが騒ついた。

(え、なに?　なにかやらかした……?)

「え……あの子平民でしょう」

「ずいぶんと強い光だな」

教師たちの騒つきが生徒にも広がっていく。

「あー、今日はこれで終わりだ。明日の朝はクラス分けの掲示を見てから各自の教室へ行くように。それじゃあ解散」

生徒たちを見渡してそう言うと、教師はミナを見た。

「ミナ、お前は残れ」

「……はい」

ミナは頷いた。

「ミナ、大丈夫?」

「頑張ってね」

心配そうにしながらエマとハンナが立ち去って行くのを見送ると、あとに残ったのは三人の教師とミナ、それになぜかアルフォンスがいた。


「殿下も……」

「彼女の魔力について調べるのだろう？　私も興味があってね」

王子様スマイルでアルフォンスは言った。

（ええ……関わりたくないのに……）

入学早々認識されてしまい、ミナは思わず嘆《なげ》いた。

「……まあいいです。それじゃあミナ、いくつか確認したいんだけど」

教師はミナに向くと手元の書類へ視線を落とした。

「はい」

「君は孤児院出身なんだね。両親のことは分かる？」

「はい……北部の、テールマンという町で行商の仕事をしていました」

ミナは答えた。

「五年前の疫病で二人とも死んで……それで孤児院に入りました」

疫病という言葉にアルフォンスがぴくりと反応した。

「そうか、それは大変だったな。それで自分が魔法を使えると気づいたのは？」

「ええと……三年くらい前です。孤児院の子が怪我した時にとっさに魔法で治して、それでです」

「ほう、回復魔法が使えるのか」

それまで黙っていた教師の一人が口を開いた。

「するとやはり水属性か」

「でもあの色は初めて見るわ」

もう一人の女性の教師が答えた。

「色……？」

「ベーレンドルフ先生、水晶に手をかざしてください」

主に話していた教師が回復魔法に反応した教師に言った。ベーレンドルフ先生が水晶に手をかざすと、青くて強い光が放たれた。

「これが水属性の色、ミナの色よりずっと濃いよね」

水晶を示しながら教師は言った。

「回復魔法を使えるのは水属性だけだ。だからミナも水属性なんだろうけれど……それにしては色が薄すぎる」

「これまで彼女のような色を持った者は？」

アルフォンスが口を開いた。

「いや……初めて見ますね」

「魔力の強さと色の関係はあるのか」

「そういう話は聞いたことがありませんね。ミナ、もう一度やってくれるかい」

「……はい」

ミナが恐る恐る水晶に手をかざすと、先ほどと同じように水色の強い光が放たれた。

「ほらミナ、君の色は明らかに薄いだろう」

「はい……」

「魔力量はとても多いのだが」

「……そうですか……」

「さっき回復魔法を使ったと言ったね。攻撃魔法を使ったことは？」

「……あります」

「ほう、見せてもらっていいかな」

教師が手のひらを上に向けると、そこに火の玉が現れた。

「これを消せる？」

高く浮き上がった火の玉は、人の頭よりも大きくなった。

「ライプニッツ先生、それは……」

「失敗してもいいからやってみて」

制しようとした女性教師の声を無視すると、ライプニッツ先生はミナを見た。

「……はい」

ミナは火の玉を見上げた。

(熱くて……本物に見えるけど)

あれは幻だ、ミナはそう判断した。本物の火球ならば水球をぶつければ消滅できる。だけど幻の場合は……。

ミナの右手が光ると水色の光が放たれた。

光は火球を覆い尽くすと、火球と共に消えていった。

「え？」

「は？」

「……こりゃあすごいや」

（え？　私またなにかやらかした!?）

今のはそう難しい魔法ではないはずなのだが。呆然とした様子の教師陣とアルフォンスにミナは動揺した。

「ミナ。今のはな、二組の卒業試験レベルなんだ」

苦笑しながらライプニッツ先生が言った。

「え……？」

「殿下、今の魔法で求められる技量がわかりますか」

先生はアルフォンスへと視線を移した。

「そうだな……まずあの火球が本物か幻かを見極める力。本物の場合は攻撃の強度を見極める力と、相殺できる魔力を出せるか、コントロールできる能力があるか。幻の場合はその対処方法」

「さすが殿下ですね」

頷くとライプニッツ先生はミナへと向いた。

「だが今回は、ミナがどれだけの水球を出せるか見たかったんだ。幻を使用したのは君の力がわからなかったから、万が一を考えてだ」

火と水は相反する力だ。上手く相殺できればいいが、火球に対して水の魔法が弱すぎる場合、消えないどころかさらに火球の威力が増す場合もある。だから教師は幻の火を使用したのだ。

「でもミナはあれを幻と見破っただけでなく、綺麗に消し去ったね。威力もまったく無駄がない。これほど完璧にできるようになるには相当訓練しなければならないはずなんだけど……」

ライプニッツ先生の鋭い瞳がミナを見据《みす》えた。

「君はどこで魔法を学んだのかな」

「……孤児院です……」

完全にやらかしたことに気づいたミナは、消え入りそうな声で答えた。――あれがそんなレベルの魔法だなんて、教えてくれなかったのに。

「孤児院で？　誰から？」

「……シスターです」

「シスター？」

「はい……私が魔法を使えるとわかってから、基本から色々と教えてくれました」

ミナの答えに教師たちは顔を見合わせた。

「……なるほどね」

「そのシスターは元貴族なのかしら」

「聞いたことはありませんが……おそらくそうだと思います。この学園のことも教えてくれましたので」

貴族の女性がシスターになることはそう珍しいことではない。

働いたことなどない彼女たちは、家が没落したり離縁されるなどして行き場を失うと修道院に身を寄せることが多い。そこで能力があると判断されれば、シスターとなり修道院の経営側に回ったり、孤児院で子供たちの面倒を見ることもある。

ミナがいた孤児院のシスターはとても綺麗な人で、まだ若くて二十を過ぎたくらいに見えた。平民のミナが貴族の多い学園に入っても困らないよう、あれこれ教えてくれたのだ。普段は優しいのに魔法の指導はとても厳しかったなと思い出して、ミナは思わず遠い目になった。

「しかしすでにこれだけ育て上げているとは……そのシスター、この学園の教師として招いた方がいいんじゃないのか」

ベーレンドルフ先生が言った。

「そうだな、ライザー先生ももっと女教師が増えて欲しいとよく言ってるしな」

「そうなのよ……魔術師ってどうしても男性が多いから。女生徒たちの悩みを相談できる人が増えるといいんだけど」

ふう、とため息をつくとライザー先生はミナを見た。

「そのシスターの名前は？」

「……わかりません……みんなシスターと呼んでいたので」

「まあ本名は名乗らないだろう、訳ありなら特に」

「じゃあミナは魔法の基本……いやもう卒業できるくらいの力は、すでに身につけているんだな」

ライプニッツ先生はそう言うと、にっと笑顔を見せた。

「それじゃあミナは一組で問題ないな」

「一組……ですか」

クラス分けは能力別だ。一組というのは特に優秀な生徒たちが集められるクラスで、小説ではアルフォンスとヒロイン、それにヴィルヘルミーナも在籍していた。

「ああ殿下ももちろん一組ですから」

「そうか。それじゃあよろしく、ミナ」

笑顔でアルフォンスはミナに手を差し出した。

「え、あの……」

これは握手を求められているのだろうか。だが王子様の手に平民が触れるなど、ありえないのに。

「この学園内では平等だ、身分は関係ない」

「……は、はい……」

さらに間近に手を差し出され、ミナはおずおずと手を差し出した。

アルフォンスの手は大きくて、とても力強かった。


「――あの子」

ミナが寮へと戻っていくうしろ姿を見送りながら、ライザー先生が口を開いた。

「貴族の隠し子よね」

「おそらくな」

「隠し子？」

「平民であれほど高い魔力を持つ者はいないはずです」

聞き返したアルフォンスに向かってベーレンドルフ先生が答えた。

「彼女の魔力量は殿下に匹敵しますよ」

「おそらく高位貴族の血が流れていますね」

「高位貴族？　……だがあのような黒髪の者はいないと思ったが」

ミナの艶やかな黒髪を思い出してアルフォンスは言った。

「片親が黒髪なのでしょう、平民には多い色ですから」

この国の人々の髪色は、平民は濃く貴族は薄い色が多い。そして王族だけが赤い髪色を持つのだ。

「それにあの容姿！　あんな可愛い顔、平民にはいないわ」

ライザー先生が声を上げた。

「お人形みたいよね。瞳もきらきらして……あら、そういえば」

なにかに気づいたようにライザー先生は一同を見渡した。

「あの水晶の光の色、ミナの瞳の色と同じね」

「……言われてみれば」

ミナの髪は真っ黒だったが、瞳は薄い水色をしていた。平民にも貴族にも見ない色だ。

「火球を消した時も水色の光だったな」

ベーレンドルフ先生が言った。

「ライプニッツ先生、あの水色は結局どういうことなのでしょう」

「……それは調べてみないとわからないな」

ライザー先生の問いにライプニッツ先生は答えた。

「俺が知っている限りではあのような色は例がない。そのうち魔術団の方にもあたってみるよ」

「ミナは自分の血筋を知っているのかしら」

「さあな。さっきの受け答えだけではなんとも言えないな」

思案しながらライプニッツ先生は言った。

「立ち振る舞いは悪くなかったが」

「なんにせよ……不思議な子だ」

その容姿も能力も、平民とは思えないけれど。貴族令嬢ともまた違う雰囲気を持つ少女。

「――それでは私も帰ろう。邪魔して悪かった」

アルフォンスの声に、教師たちは慌てて向き直ると頭を下げた。

「ああ、先生方。ここでは私は教わる立場だからそう畏《かしこ》まらないで欲しい」

「は……ですが」

「ミナにも言ったが、この学園内では生徒は皆、魔法を学ぶ同志として平等であるべきだろう」

そう言われても、王子が放つ雰囲気は明らかに上に立つ者のそれだ。畏まらずにいるのは無理だろうと思いながら、教師たちはアルフォンスを見送った。


「お疲れ様でした」

「待たせたな」

アルフォンスが馬車に乗り込むと、待っていた青年が馬車を出すよう促《うなが》し自身も乗り込んだ。

「他の生徒たちはだいぶ前に帰りましたが、殿下はどこか寄り道でも？」

「ああ、面白いものを見てきた」

「面白いもの？」

「フリードリヒ、お前は水色の目を持った者を見たことがあるか？」

「水色……ですか」

フリードリヒと呼ばれた青年は首を傾げた。

「アクアマリンのような珍しい色の瞳だ」

「……青色はよくいますが……そこまで明るい色は見たことがないですね」

「そうか」

「その色がなにか」

「その宝石のような瞳の色の娘がいたのだ。髪は黒くて愛らしい顔立ちをしている」

「……おや、殿下が女性に興味を持つとは珍しい」

フリードリヒは口端を緩《ゆる》めた。

「――彼女の魔力の光は瞳と同じ色で美しいんだ」

フリードリヒの指摘に、アルフォンスはふいと顔を背《そむ》けた。

「それだけだ」

「それだけでも大きな進歩ですよ」

王子とはいえ、年頃の青年なのに全く色恋に興味を示さないアルフォンスを長年側で見守ってきた従者は、ようやくその口から女性の話題が出たことに内心安堵《あんど》のため息をついた。

「殿下ももう十六歳。いい加減婚約者を持っていただかないとなりませんからね」

「そのことなら何度も言っているだろう。兄上を差し置いて私が先に作る気はない」

「ですがハルトヴィヒ殿下は……」

アルフォンスの兄、第一王子ハルトヴィヒにはかつて公爵令嬢アンネリーゼ・トラウトナーという婚約者がいた。

だがハルトヴィヒが魔女に魅了された時、彼女との婚約を破棄し、同様に魅了されていたアンネリーゼの兄と共に貴族社会から追放したのだ。以来五年間、アンネリーゼは行方不明のままだ。

のちに王太子の地位を剝奪され、魔術団副団長となったハルトヴィヒは、己が原因でもある魔物討伐に身を捧げるとして婚約者を持つことなく戦い続けている。だから次期王の可能性が高いアルフォンスが婚約者を作り、その権力を安定させることを周囲は望んでいるのだが。

「私は、兄上が王となるべきだと思っている」

窓へと視線を送りながらアルフォンスは言った。

「だから一日でも早く兄上の代わりに魔術団に入りたいのだ。婚約者など……今はそれどころではない」

確かに、兄よりもアルフォンスの方が魔力量は多く、魔法や剣の才能も上だと言われている。彼が魔術団に入るのがいいのかもしれないが。

「……魔物の増殖はハルトヴィヒ殿下たちの咎《とが》。アルフォンス殿下が危険な目に遭《あ》う必要はないのではありませんか」

「兄上の咎は王家の咎でもある。それに民を守るのは王族としての役目だ」

この五年間、疫病や魔物の増殖で国は荒れた。疫病は収まったものの、魔物の脅威《きょうい》はまだ続いている。ブルーメンタール王国がかつての平和な姿を取り戻すこと。それがアルフォンスの望みであり、責務なのだ。


「ミナ、お帰りー」

「お疲れー」

ミナが女子寮へ戻るとエマとハンナが出迎えた。

「先生となに話したの？」

「うん……魔力について聞かれて……」

はあ、とミナはため息をついた。

「それで、一組に入るみたい」

「ええ、すごい！」

「そうだよね、ミナの光すごかったもんね」

友人たちは声を上げた。

「でも一組って授業がすごく厳しいんでしょ」

「在学中から魔術団の討伐に参加したりするのよね」

「うん……それはいいんだけど」

ミナは魔術団に入るのが望みだった。

孤児院にはミナのように疫病で親を亡くした者、そして魔物に親を殺された者もいる。特に目の前で魔物に家族を殺された子供たちは、自身も怪我をしていたり、そのトラウマで心に大きな傷を負ったりしていた。

彼らのような子供を増やしたくない。魔法が使えると知ったミナはそう思うようになった。

魔術団に入って少しでも多くの人を魔物から守る。それは貴族としての地位や役割を放棄したミナにとって、生きる意義でもあるように思えたのだ。だからシスターの厳しい特訓にも耐えたし、この学園にも入った。けれど……。

(まさかここが小説の世界だったとは)

これからの学園生活を思い、ミナはため息をついた。


「……まずは状況を整理しなくちゃ」

皆で夕食を食べ、部屋へ戻るとミナは机の前に座った。

学生寮には地方から出てきた生徒たちが入っている。元々貴族のみの学園だったこともあり、平民のミナに与えられた部屋も広い一人部屋で、シャワーとトイレまでついている贅沢なものだ。

この魔法学園は授業料や入寮費が無料で食事、制服もタダ。さらに平民には日用品を買うのに十分な生活費も支給される。この生活費は卒業後、一年以上魔術団で働けば返さなくとも良いという。

平民も入れる学校は他にもあるが、それらは授業料こそ無料だが生活費まで支給されることはない。魔法学園のみ待遇が良いが、それはそれだけ魔術師が必要だということなのだろう。

ミナはノートを開くと、そこにゲームや小説のことなど、今日思い出したばかりの事柄を書き出していった。

「うーん。ゲームの方はわりと覚えているんだけど。小説は思い出せないな……」

大まかなあらすじはわかるのだけれど、細かな出来事までは思い出せない。ミナにとっては小説の内容の方が大事なのに。ヴィルヘルミーナがなにをしたのか……なにか大きな事件が起きたはずなのに。もやがかかったように思い出せなかった。

「……私が小説の設定と変わってしまったから？」

小説でヴィルヘルミーナはアルフォンスの婚約者であり、悪役令嬢だった。だが今のミナは平民であることはもちろん、他にも相違が幾つかあった。

（まず髪色でしょ……それから属性も違う）

小説のヴィルヘルミーナはいかにも貴族らしい金髪を巻いたゴージャスな容姿で派手な印象だった。目の色は覚えていないが、おそらく今よりも濃い青だったろう。

今のミナは前世を思い出す、肩まで伸ばしたクセの少ない黒髪で……この色が家を出る原因ともなったのだけれど。

なぜミナが黒髪なのか、それはわからない。両親も兄も金髪だったのに——それは考えた所で理由もわからないしどうにもならないのだけれど。

それに小説では風属性で、風を操りヒロインへ数々の嫌がらせをしていたのだ。魔力量はヴィルヘルミーナも一組に入るくらい高かったけれど……おそらく今のミナの方が量も技術も上だ。

（ヒロインといえば……）

今日いたローゼリア。あの髪色も顔立ちも、明らかに小説の挿絵やコミックスで見たヒロインそのものだったけれど、小説とは魔法属性も魔力量も違っていた。

「……あの人、おかしいって言ってた……」

自分は水属性で魔力量も多いはずだと。そう思うということは――。

「彼女も転生したのかな……」

ミナと同じように。

小説と同じ世界、けれどそれとは設定が異なる登場人物のミナとヒロイン。それにはなにか理由があるのか……そもそもここは本当に小説の世界なのか。どうしてこの世界に転生などしたのか。

（……そういえば）

前世での最後の記憶をミナは思い出した。

ミナは十六歳の高校生だった。

冬のある夜、家にいたら突然心臓が激しく痛み出したのだ。そこからの記憶はなく、おそらくあのまま死んだのだろう。独り痛みと苦しみに耐えながら……あの時、確かに『誰か』の声を聞いたのだ。

『あなたの望みを与えましょう。ことは別の世界で』

その『声』は確かにそう言った。

『あなたは生まれ変わるのです。人を愛し、愛されて世界を守る存在として』

(私の望み……?)

前世のミナの望み。それは『両親から愛されること』だった。

両親共に仕事で忙しく、ミナは幼い頃からいつも一人だった。ベビーシッターや家政婦はよく面倒をみてくれていたけれど、やはり親とは違う。親子三人、近くの公園でもいい……どこかに行ってみたい。いや、家で一緒にご飯を食べるだけでもいい。そんな親子として普通のことすら叶わなかった。裕福な家で物には困らなかったけれど。そんなものよりも、親に愛して欲しかった。抱きしめて欲しかった。それが一番の望みだったのに……。

「……望みなんて、叶ってない」

現世でもミナは孤独だった。

母親に嫌われ、虐待といってもいい仕打ちを受けていた。父はそれを見て見ぬフリをしていたし、兄はミナを気にかけてくれていたけれど、幼い子供になにかできるわけでもなく。

辛くて、悲しくて。ミナは家から逃げたのだ。

ミナを拾い、親となってくれた夫婦はミナを実の子のように可愛がってくれた。決して裕福ではないけれど……確かにあの頃は家族愛に満たされていた。

けれど、それも三年余りで終わってしまった。

孤児院の生活も貧しかったけれど、皆仲良く家族のように過ごしてきた。だが大人になればあそこも出ていかなければならない。

「家族に縁がないということなのかな……」

椅子に背中を預けてミナは天を仰いだ。

「『人を愛し、愛されて世界を守る存在』って……それってヒロインのことじゃん」

悪役令嬢ではないミナには関係ないことだ。

「――とりあえず勉強頑張ろう」

前世や過去のことをあれこれ考えても仕方ない。ミナはノートを閉じるとそこにミナ以外の者に見えたり触れられたりしないよう魔法をかけた。これもシスターが教えてくれたのだ。

「あとは……私の素性がバレないようにしないと」

もうすでにただの平民とは思われていない可能性が高いけれど。少なくとも自分がフォルマー家の娘であることだけは知られないようにしなければ。

決意するとミナは椅子から立ち上がった。


翌朝。学園へ行きクラス分けを確認すると、やはりミナは一組だった。

一組は十名で、うち女子はミナを入れて二名。ミナ以外は名字があるということは貴族ばかりだ。

「私たちは三組だよー」

「まあそんなものだよね」

エマとハンナが掲示を見上げながら言った。

ミナ以外の平民の生徒は皆三組だ。魔法の基礎を知らない平民は三組に入れられるのが普通なのだ。

「でも私、二年生は二組に上がるんだ」

エマが言った。

「それで魔術団で活躍できるよう頑張る」

「エマは家に帰りたくないんだっけ」

「うん」

エマは田舎の農家出身だ。魔法学園に入らなければ、村の農家の元に嫁《とつ》がされる予定だったという。

「あんな貧しい土地で畑を耕しながら一生を終えるなんてつまらないもの」

「そっか。頑張ろうね」

ぽん、とハンナがエマの肩を叩いた。

ハンナの家は中規模の商家だ。娘が魔術団に入れば伝手ができて商売が広がるかもしれないという実家の期待を背負って入学したのだという。『だからとりあえず一年間魔術団で頑張ればいいの』と笑っていた。

「お昼は一緒に食べようね」

「うん」

「それじゃあまたあとでね」

友人たちと別れると、ミナは一組の教室へ向かった。

(うう、緊張する……)

この中にいるのは貴族ばかりだ。彼らにどんな目で見られるのか……想像もつかない。一度深呼吸をするとミナは教室のドアを開いた。

「あ、ミナさん!」

突然の声に驚いて見ると、一人の女生徒が手を振っていた。

促されるまま、その隣の席へと腰を下ろす。

「私、フランツィスカ・バウムガルト。このクラス女子は二人しかいないの。よろしくね」

「よ、よろしくお願いいたします」

ミナはおずおずと差し出された手に自分の手を重ねた。

「そんなに気負わなくていいわ。私、堅苦しいのは嫌いなの」

長い金髪を緩く三つ編みにまとめたフランツィスカは、その緑色の瞳を細めた。

「ミナって呼んでいい？　私もフランでいいわ。様もなしね」

「あ……はい」

あっさりと愛称呼びを許したフランツィスカは、確かに昨日見た他の貴族令嬢に比べてずっと気安そうに見えた。

そういえば昨日の測定の時、ミナ以外に強い光を放っていた女子がもう一人いたことをミナは思い出した。

「ミナ、昨日先生に呼ばれてなにをしていたの？」

「ええと……魔法が使えるか確認したり、どこで学んだかを聞かれました」

「平民なのにもう魔法が使えるの？」

「はい……孤児院のシスターに教わって……」

「へえ、だから一組なのね」

フランツィスカは笑顔を見せた。

「一組って女子が少ないから一人だったら嫌だなあと思ってたんだけど、ミナがいて良かったわ」

そもそも、魔法学園に入る女子が少ない。

それなりの魔力を持っていても、魔物と戦えるかはまた別の話だ。特にナイフとフォークより重いものを持たないような育てられ方をしてきた貴族令嬢にとっては魔物など、見ただけで失神してしまうくらい恐ろしい存在だ。本人が無理だと思ったり、また家族が反対して入学しない者も多い。

「フランさま……フランは、魔物は怖くないのですか？」

「怖いといえば怖いけれど、弱い魔物なら倒したことはあるわ」

「本当に？」

「このクラスの人たちはみんな実戦経験あるんじゃないかしら。ミナは？」

「……一応……」

「あるのか」

ふいに聞こえた声に、びくりとしてミナは顔を上げた。

いつの間にか、側にアルフォンスが立っていた。

「……レディの会話を盗み聞きなんて御行儀が悪いですわ、殿下」

フランツィスカは眉をひそめた。

「レディのする会話には聞こえなかったが？」

笑みを浮かべてアルフォンスはそう返した。

「フランツィスカ嬢、君も魔物討伐の経験があったのか」

「ええ……領地に帰った時に」

「そのことをフリードリヒは知っているのか？」

アルフォンスの言葉にフランツィスカはっ……と視線を逸らした。

「相変わらずだな。フリードリヒは君がこの学園に入ることを反対していたが。婚約者も心配しているのではないか？」

「あの方は兄と違って私のやりたいようにさせてくれますので」

にっこりと笑いながらフランツィスカはそう言った。

「……フランは、殿下と親しいのですか？」

アルフォンスが席に着くのを横目で見ながらミナは尋ねた。先ほどの二人の会話はずいぶんと親しそうな仲に見えた。

「兄が殿下の侍従を務めているの。私も幼い頃からお会いしているわ」

フランツィスカは答えた。

「それに婚約者も殿下と親しいの」

「そうなんですか……」

フランツィスカはアルフォンスに近い人間なのか。

そういえば小説でも、一組の女子は三名いて、ヒロインとヴィルヘルミーナ、もう一人は出番があまりなかったけれど、確か代々王家の侍従を務める家系だとあったのをミナは思い出した。

「よし、全員揃《そろ》っているな」

教室のドアが開くとライプニッツ先生が入ってきた。

「俺はこの一組の担任のヴァルター・ライプニッツだ。このクラスは最初からバンバン鍛えていくから覚悟しとけ、ついてこられない奴は二組に落とすからな」

教壇に立つと先生は生徒たちを見渡した。

「まずはお前たちの今の実力を見せてもらう。訓練場へ行くぞ」

先生の言葉に、生徒たちは椅子から立ち上がった。


「ミナー」

訓練場での授業を終えて校舎に戻ってきた所で、エマとハンナに遭遇した。

「お昼行こう……っと」

ミナの隣にいるフランツィスカを見て、二人は慌てて畏まった。

「ミナの友人？」

「はい……一緒に昼食を取る約束をしていまして」

「私もご一緒していいかしら」

「えっ」

「あ、あの……」

「そんなに畏まらなくていいわ。私、身分とか気にしないから」

貴族令嬢を目の前に強張る二人に、フランツィスカはそう言って笑顔を向けた。


「エマが土属性でハンナは風属性なのね」

四人は料理を取ると食堂の隅のテーブルに腰を下ろした。

「私が火でミナが水。四属性揃うわ」

フランツィスカは嬉しそうな声を上げた。

「女子四人で魔物討伐に行けるわね」

「……四属性が揃うと魔物討伐に行けるんですか？」

「属性ごとに攻撃以外の役割があるのよ」

ハンナの問いにフランツィスカは答えた。

「火が先鋒、土が防御で風は支援、そして水が回復ね。魔術団は四属性での複数人行動が基本なの。自分の役割をきちんと果たして互いに協力し合えば、強くて数が多い魔物とも戦えるわ」

「フラン様は詳しいんですね」

「魔術団に入りたくて色々調べたもの」

「でも私たちまだまともに魔法を扱えなくて……。一緒に行っても二人の足手まといになってしまいます」

「そんなすぐに行くわけじゃないから大丈夫よ。それに」

フランツィスカはミナを見た。

「攻撃はミナに任せておけば中級の魔物だったら余裕よ、ね？」

「そ……んなことは……」

「さっきの殿下との模擬戦、すごかったじゃない。学生のやる内容じゃないって先生が引いていたわ」

「あれは……殿下が挑発したので……」

「あら、最初に挑発したのはミナの方に見えたけど」

「……う……あれは挑発じゃなくて……魔が差したというか……」

その時のことを思い出してミナは思わず手で顔を覆った。


午前の授業では、いきなり一対一の模擬戦を行った。

新入生とはいえ即戦力を求められる一組、各自すでに得意な魔法を持っており、次々と戦っていく。

フランツィスカも強力な火魔法を操り男子に勝利していた。そしてなぜかミナは、最後にアルフォンスと対戦することになったのだ。

「ミナから攻撃していいよ。遠慮はいらないからね」

小説でのアルフォンスの能力は知っている。魔術団員からもすでに一目置かれているアルフォンスには、確かに遠慮など必要ないだろう。

（この授業の目的は今の力を知ることだから……とりあえず撃ってみよう）

ミナは昨日、ライプニッツ先生が見たいと言っていた水球を作り出した。それをアルフォンスへ向けて投げようとして……ふと昨日の先生や殿下の言葉を思い出した。

（幻……そうだ）

ミナの瞳の奥が一瞬光を帯びた。

水球がアルフォンスを襲うと同時にアルフォンスは手のひらを掲げ、炎が立ち上った。だが炎が触れようとした瞬間、水球は突然その姿を消した。

「なっ」

動揺したアルフォンスの背後に突然現れた水球が大きく膨《ふく》らむと、一瞬でアルフォンスを呑み込む。水球の中が赤く光ると、大量の水飛沫《みずしぶき》となって弾け飛んだ。

「――へえ、やるな」

中から現れた、髪を濡らしたアルフォンスがミナを見据えた。

「なんだ今の！」

「幻……？」

「……ばかな」

幻という高度な魔法を出したかと生徒たちが騒めく中、ライプニッツ先生は呆然とした。

ミナの出した水球は幻ではなく本物だった。だが、ミナはその表面に幻術をかけたのだ。アルフォンスの炎が触れる直前、幻術に覆われた中の水球を瞬時に移動させ――アルフォンスに幻を襲わせた隙に背後から水球をぶつけたのだ。

一つの攻撃に水球、幻術、瞬間移動と三種類の魔法を込めるそのやり方は高い技術が必要で、相当訓練しないと扱えない。さらにミナは、水球の威力を途中で変化させたのだ。

魔術師でも使えるものが限られる高度な魔法を入学したばかりの、しかも平民の少女が扱うとは。

(本当に……何者なんだ)

たとえ高位貴族の血を引いていたとしても、それだけであんな魔法が使えるようにはならないはずだ。

「次は私の番だな」

アルフォンスが小さな火球を放った。まるで矢のように、弧を描きながらいくつもの火球が飛んでいく。ミナは水球を放ちそれらを消していくが、すぐにまた新たな火球が飛んでくる。

一つの火球は小さく威力も弱いとはいえ、同時に幾つもの火球を放つには相当の集中力と技術力が求められる。こちらも優秀な魔術師でないとできない技だが、アルフォンスは余裕の表情で炎の矢を操っていた。

「いちいち消していたらキリがないぞ」

ミナに向かってそう言うと、アルフォンスは口角を上げた。反対にミナの口元が下がり、その瞳が強い光を帯びる。

アルフォンスが大量の火球を放った次の瞬間、ミナの身体が水色の光に覆われると火球はその光に触れる側から消えていった。

「……防御魔法もこなすか」

「ならば次は……」

アルフォンスはさらに笑みを深めた。

「そこまで!」

先生の声が響いた。

「二人の実力はわかった。それ以上は明日以降またやるから、戻ってくれ」

二人が戻ってくるのを見ながら、ライプニッツ先生は今の戦いを見て顔を強張らせている他の生徒たちを見渡した。

「凹むなよ、この二人がおかしいんだ。なに、お前たちも鍛えればあれくらいのレベルになれるからな」

苦笑いしながら先生はそう言った。


「へえ……ミナってすごいのね」

フランツィスカの話を聞いて、ハンナが目を丸くした。

「私もそんな風に魔法を使えるようになりたいなあ」

「三組はどんな感じなの？」

ミナがそう尋ねると、エマとハンナは顔を見合わせた。

「午前中は自己紹介と魔法の基本を学んだだけだから……」

「でもちょっと……ね」

「ちょっと？」

「昨日、水晶の結果に文句を言っていた人がいたでしょう」

「……ええ」

ヒロインの顔がミナの脳裏によぎった。

「あの人、教室でも文句言ってたの。自分が三組なのはおかしいって」

「まあ、あの程度の魔力しかないのによく言うわ」

フランツィスカが口を開いた。

「三組が不満ならもっと魔力量を増やして魔法を使えるようになることね」

「魔力量って増やせるんですか」

「ええ、訓練次第でね」

フランツィスカの答えに、エマとハンナは顔を見合わせた。

「やった」

「頑張ろう！」

「二人は魔術団に入りたいの？」

「はい！　フラン様もご令嬢なのに魔術団に入るのですか？」

「――私、本当は男に生まれて騎士になりたかったのよね」

ふ、とフランツィスカは息を吐いた。

「他国にはいるけれどこの国に女騎士はいないし。でも私には魔力があるから、じゃあ魔術師になろうって。魔術団なら女でも入れるでしょう」

「……でも、フランは婚約者がいるんですよね」

朝のアルフォンスとの会話を思い出してミナは言った。

「結婚したら魔術団にはいられないのでは……？」

「そうね、でも一応結婚するまでは自由にしていいと先方と約束しているわ」

フランツィスカは答えた。

「だけど私を失ったら魔術団の大きな損失と思わせるくらいの魔術師になれば辞めなくても済むか、

婚約自体がなしになるかもしれないから。頑張るの」

「……結婚したくないのですか？」

「婚約者はとてもいい人よ、私の気持ちも理解してくれるし。だけど私は自分の夢を諦めたくないの」

強い意志を秘めた顔でフランツィスカはそう言った。


午後の授業は座学の試験から始まった。魔法の基礎についてで、一組ならばすでに知っているであろうものだという。ミナも孤児院で学んでいたものばかりだったので特に問題なく解くことができた。

「この結果を元に、足りない部分は個々に教えていく。このクラスの座学で教えるのはより高度な知識と応用、それに魔物についての知識だ」

試験を終えるとライプニッツ先生は言った。

「夏前に一度実戦を行う予定だが、この中で魔物討伐の経験がない者は？」

見渡したが手を挙げた者はいなかった。

「では四属性のパーティを組んでの討伐経験がない者は」

アルフォンス以外の全員が手を挙げた。

「そうか、では二組に分けてパーティを組み、協力方法について教えていく。個々の能力が高くても協調性がないと魔物の群れには勝てないからな。チームワークが重要なんだ」

先生は言葉を区切ると、もう一度生徒たちを見渡した。

「いいか、魔物討伐は失敗が死に繋《つな》がる。とにかく知識と技術を身体に覚え込ませることが大事だ。失敗するなら学生の内にしておけよ」

「あの、ミナさん」

授業が終わり、ミナが帰り支度をしていると一人の男子が声をかけてきた。

「……はい」

「僕、ミナさんと同じ水属性の、アードルフ・ヴァールブルクです」

まだ幼さの残る小柄なアードルフはそう言うと唐突にミナの手を握りしめた。

「午前の授業の攻撃、すごかったです！　僕、まだミナさんみたいな高度な技はできないんですけど、頑張るんで是非《ぜひ》ミナさんにも教えていただきたいです！」

「……え……私ですか……？」

「はい是非！」

アードルフは目を輝かせて手に力を込めた。

「あ、なに抜け駆けしてんだよ！」

「ミナさん、俺土属性のローベルト・フェルザー。一緒のパーティになったら嬉しいな！」

(……なにこれ、モテ期!?)

突然わらわらと集まってきた男子たちにミナは顔を引きつらせた。

孤児院で子供たちに囲まれることはよくあるけれど、同じ歳の、しかも貴族の男子たちに囲まれた経験はない。

「馬鹿かお前ら。平民の女に媚《こ》び売って」

戸惑うミナの耳に冷めた声が聞こえ、見ると一人の男子が睨むようにこちらを見ていた。

「……エドモント様。そんな言い方はないんじゃないかしら」

フランツィスカの言葉に、エドモントと呼ばれた男子はふん、と鼻を鳴らした。

（エドモントって……小説に出ていた子だ）

ミナは思い出した。エドモントは魔術団長のアーベントロート侯爵の息子で、兄エーミールはゲームの攻略対象だった。

魔術団が生まれたのは魔女マリーの処刑後だが、元々魔術局という魔術師をまとめる組織が存在し、エドモントの父はその局長を務めていた。その魔術局長の息子でありながら、魔女に魅了されてしまったエーミールは侯爵家の後継の資格を失い、今は魔術団で魔物討伐や研究にあたっている。

代わりに嫡子となったエドモントは、家を背負うプレッシャーから皮肉屋な性格となってしまう。魔術師としての能力は高く、小説ではアルフォンスのライバル的立ち位置だった。

「ミナ、彼の言うことは気にしなくていいからね」

「大丈夫です」

ミナはフランツィスカの言葉に笑顔で即答した。

「魔物の前では身分も性別も関係ありませんから」

「――くくっ」

離れた所から笑い声が聞こえた。

「すごいな、ミナは」

先刻から一連の出来事を眺めていたアルフォンスが、椅子から立ち上がるとミナの前へと立った。

「よくわかっている」

「シスターの言葉です」

「君に魔法を教えてくれた？」

「はい。魔物にとって人間の違いは、ただ己より強いか弱いかだけだと」

貴族の多い学園に入ればミナの身分についてなにか言われることもあるだろう。その時にはこう言い返しておけばいいと、シスターに教えられていたのだ。

「だそうだよ、エドモント」

そう言うとアルフォンスはエドモントを見た。

「私も同意するね。魔術師にとって大事なのは身分よりも力だ。違うか？」

「――俺は魔物じゃない」

ガタン、と乱暴に音を立てて立ち上がると、エドモントは教室を出て行った。

「……どうも彼は幼稚な所があるね」

アルフォンスはため息をついた。

「魔力も技術も十分なのだが」

「いくら強くてもあれでは困るわ。先生も協調性が大事だと言っていたのに」

口を尖らせてそう言うとフランツィスカはミナを見た。

「いいミナ、エドモント様になにか言われたりされたりしたらすぐに言うのよ」

「……はい、ありがとうございます」

ミナは笑顔でお礼を言った。


「いい人たちが多くて良かった」

ミナは校舎を出て寮への道を歩いていた。

平民の自分がどう思われるか不安だったが、今の所好意的に受け入れてもらえているようだった。

確かにエドモントの発言はあったが、あの程度は想定内だし、それに孤児院にはもっと問題児が多かったのだ。全くといっていいほどミナは気にしていなかった。

(フランとも仲良くなれそうだし)

代々の侍従の家ということは名家なのだろう。そんな家の令嬢なのに騎士になりたがったり、身分を気にしないというフランツィスカはなかなか変わっていると思う。

「……まったく、なんなの一体！」

授業終わりに渡された魔術書に早く目を通したいと急いでいたミナの耳に、聞き覚えのある声が聞こえてきた。

(あれは……ヒロイン)

ローゼリア・リーベルがぶつぶつ言いながら歩いていた。

「小説と属性も違うし魔力だって少ししかないし。私ヒロインなのよ!? おかしいわ！」

(ああ……やっぱり)

彼女も転生したのか。ミナは確信した。けれど彼女もまた、名前と容姿は小説どおりだけれどその能力は小説と異なるようだった。

(一体どうして……)

「――それに悪役令嬢がいないじゃない！」

ローゼリアの声にミナはびくりと肩を震わせた。

「殿下には婚約者なんていないっていうし……。悪役令嬢がいなかったら恋が盛り上がらないじゃない！」

――彼女とは極力関わらないようにしよう。気づかれないよう気配を消してミナはそっと離れた。

乙女ゲームのスピンオフだけれど、小説の方では恋愛要素は少なめだった。アルフォンスは最初ヒロインのことは優秀な魔術師として見ていて、恋愛感情を抱くのはずっとあとだった。ヴィルヘルミーナのヒロインへの感情も、最初は自分よりも身分が低いのに魔力や能力が高いことへの嫉妬だった。

（まず勉強を頑張って成績を上げないと殿下に認めてもらえないんじゃないのかな）

素性がバレるとまずいので、ミナからローゼリアへそれをアドバイスするつもりはないけれど。

（ヒロインのことより……私も勉強、頑張らないと）

腕の中の魔術書を抱え直すとミナは急ぎ足で寮へと戻っていった。

「それじゃあパーティ分けだが、魔力の量がより多いグループと少ないグループとで分けた。なるべく差が少ない方がいいからな」

翌日、早速パーティ分けが発表された。水属性のミナは火属性のアルフォンス、土属性のエドモントと一緒になった。残りの風属性は双子のバルドゥルとエルンストのリヒテンベルガー兄弟だ。

「目が緑色の方が兄のバルドゥル、青が弟のエルンストです」

そう自己紹介した双子は目の色以外はそっくりだった。

小説ではミナの代わりにヒロインがこのパーティに入っており、ヴィルヘルミーナはもう一つのパーティだった。

「……ちっ、最悪だな」

ミナを横目に見てエドモントは舌打ちした。

「エドモント様、よろしくお願いいたします」

ミナはエドモントの前に立つと彼を見上げてそう言った。

「――俺はよろしくするつもりはない」

「魔術団に入って平民の魔術師と組んでもそう言うのですか？」

エドモントから目を逸らさずミナは言った。

「それと、文句を言うならもっと強くなってからにしてください。昨日の模擬戦、エドモント様は無駄な動きが多かったですから」

「なんだと……」

「ミナの言うとおりだ」

ライプニッツ先生がやってきた。

「エドモント、お前は魔力こそ十分だが技術が追いついていない。訓練が足りないんだろう」

先生はそう言うと生徒たちを見渡した。

「昨日も言ったが、ともかく身体に覚え込ませること、これが大切だ。技を使うのにいちいち考えたり魔物の攻撃への反応が遅れたりしたらやられるからな。息をするように魔法を使いこなすためにはともかく訓練することだ。いいな」

昨日は午前に実習を行ったが授業は基本、午前が座学、午後が実習になるという。今日の座学はパーティを組むことの意義、補助魔法の重要性などが中心だ。

一組の生徒は魔術団へ入ることが前提となっているため、皆真剣に聞いている。ミナも聞きもらさないよう、ノートを取りながら集中していた。シスターは魔法の基本や技術については教えてくれたが、それらを学んだのは魔物が増える前だったのでパーティでの戦い方や最近の知識についてはあまり詳しくなかったのだ。

「ミナと同じパーティになれなくて残念だわ」

座学が終わり、食堂へと向かいながらフランツィスカが言った。

「そうですね」

「ライバルが殿下なのは厳しいわ。殿下はすでに魔術団の訓練にも参加しているそうだし」

「そうなんですか」

「あまりにも熱心すぎて逆に不安だって兄が言っていたの」

「不安？」

「お兄様のハルトヴィヒ殿下が前線で戦っているのに、アルフォンス殿下まで魔術団に入ったら万が一の時に困るんですって」

「……そうなんですね」

（ハルトヴィヒ殿下……なにか大事なことがあったと思うんだけど……）

小説の中でハルトヴィヒに関わる大きな事件があったはずなのだが、ミナの頭の中で小説のストーリーはぼんやりとしていて、小説と同じようなシーンになるとそのことを思い出す、ということが多い。

（小説と全く同じという訳ではないから……？）

本当に、この世界はどこまで小説と同じなのだろう。それを考えても仕方ないとは思うのだけれど……どうしても気になってしまう。

誰かに相談してみたいけれど、ここがミナが前世で読んだ小説の世界だなどと他の人に言えるはずもない。ローゼリアは同じ転生者のようだけれど、彼女にミナも転生者、しかも悪役令嬢のはずのヴィルヘルミーナなどと知られたら面倒なことになるだろう。

（ともかく今は、一人前の魔術師となれるよう頑張ろう）

午後は属性毎に分かれての補助魔法の訓練だったが、朝言われたことを気にしたのか、エドモントは黙々と壁の作り方を練習していた。

授業は順調に進んでいった。

パーティでの訓練も始まった。エドモントは初めミナに突っかかっていたが、ミナがエドモントを上回る実力でねじ伏せるとすぐにそれもなくなった。

最初はアルフォンスとミナの能力が特に高くて他の三人がそれになんとかついていく状態だったのだが、放課後も自主練を欠かさず着実に腕を上げてきたエドモントと、個々の魔力量はそう高くはないが双子ならではのコンビネーションを生かして技を磨いてきたバルドゥルとエルンスト。訓練を重ねる毎に五人の差も縮まってきた。

「このパーティは二年生や魔術団の方でも話題になっているぞ」

ライプニッツ先生が笑顔でそう言ったのは、もうすぐ行われる実戦の確認をしている時だった。

「アルフォンス殿下と魔術団長の息子エドモントは元から注目されていたが、他の三人もすごいらしいと」

「三人というか、ミナさんですよね」

「僕たちは他の皆さんのおかげで力を引き上げてもらっているようなものですし」

「なに、それもお前たちの努力あってのものだ」

双子の言葉に苦笑しながらそう答えると、先生はミナを見た。

「まあ、確かにミナは入学した時から話題だな、平民とは思えないほど魔力が高い子がいると」

「……そうなんですか」

先生の言葉にミナは内心ぎくりとした。侯爵家の血を引くのだから魔力が高いのはおかしくはないが、黒髪の『平民ミナ』の魔力が高いのは、やはり目立つのか。

「それでだ。今度の実習に魔術団から視察が来ることになった」

先生の言葉に一同は顔を見合わせた。

「そこでの結果次第では、二年で行う魔術団への訓練参加もあるそうだ。殿下はすでに参加しているようだが、一年次での参加は異例だからな、頑張れよ」

「魔術団からは誰が来るんですか」

エドモントが尋ねた。

「さあ、そこまでは聞いていないが。誰が来てもお前らの力を出せるようにするんだぞ」


「ミナ」

放課後、図書館へ向かっていると声を掛けられミナは振り返った。

「殿下」

「ミナも図書館か」

「はい……今日の授業でわからない所があったので先生に質問したら、それは自分で調べて考えた方がいいと言われましたので」

「そうか。ミナは勉強熱心だな」

ミナの隣へ来ると、アルフォンスは並んで歩き出した。

「……座学はまだまだついていくので精一杯なんです」

アルフォンスの言葉に、ミナは首を振って答えた。幼い頃はろくに貴族教育を受けられず、孤児院で教わっただけのミナは基本的なことはわかっても、それ以上のこととなるとまだまだ未知のことが多かった。

「そうなのか。十分理解できていると思っていたが」

そう言って、アルフォンスはミナに笑顔を向けた。

「だがそうやってミナが頑張っているおかげでクラスにもいい影響が出ているな」

「……そうですか？」

「ああ、特にエドモントには」

「エドモント様？」

「――彼の兄が、私の兄同様、魔女に魅了されていたのは知っているか」

「……はい……」

「エドモントは、昔は素直な性格だったのだが、あの事件で色々あって今みたいな性格になってしまったんだ。だが、最近はすっかり真面目《まじめ》になって熱心にやっているだろう」

「……それが私と関係あるのですか？」

「自分より魔力も技術もある女子が、それに驕ることなく誰よりも熱心に学んでいるんだ。影響されるだろう。――それに」

くくっとアルフォンスは喉を鳴らした。

「君がエドモントと対戦した時、徹底的に叩《たた》きのめしただろう。あの時の彼の顔……あれで目が覚めたんだろうな」

「……あれは……」

その時のことを思い出してミナは顔を赤らめた。

パーティを組んで最初の頃、メンバーの実力を知るため模擬戦を行うことになった。アルフォンスとはすでに対戦経験があったため、ミナはエドモントと戦うことになった。

「人の腕にケチつけるんだからお前は自信があるんだろうな」

そう言ったエドモントへ、ミナは容赦なく攻撃を重ねたのだ。反撃の余地を与えず、エドモントが怪我をすればすかさず回復魔法を掛けて……最後は見かねた先生に止められたのだ。

それ以降、エドモントがミナへ突っかかることはなくなった。

「孤児院でよくやっていたんですけれど……我儘《わがまま》だったり乱暴な子には、まずこちらの方が力は上だとわからせるんです」

立場も年齢もバラバラな子供たちに集団生活を送らせるには、誰が一番偉いのか——家長は誰なのか認識させる必要がある。

そのため、問題行動をする子にはまずシスターが一対一で向き合い、こちらの強さを示すのだ。暴力は振るわないけれど、日々の家事で力の差を見せつけたり、時には子供たちの前で魔物を倒したりすることもある。

そういうやり方が正しいのか、ミナにはわからないけれど。少なくともミナがいた孤児院は、荒れることなく平和に過ごすことができたのだ。

「なるほど。君も大変な場所にいたんだね」

笑いながらそう言って——アルフォンスはふと顔を曇らせた。

「すまない」

「え？」

「君のご両親は疫病で死んだのだろう。五年前の魔女事件のせいで」

「……殿下に謝っていただく必要はありません」

ミナは首を振った。

「だが私も王家の人間として責任はある」

「それでもあの事件のことは殿下のせいではありません。それに殿下は今頑張っておられますよね、責務ならばそれで十分です」

アルフォンスが兄たちの不祥事に、自分のことのように責任を感じているということはフランツィスカから聞かされていたし、小説でもそうだった。確かに王族として責任感を抱くことは大切だ。けれどあの事件が起きた時、アルフォンスはまだ十一歳だったのだ。

「……ありがとう、ミナ」

アルフォンスは頬を緩めてそう言った。

「殿下は図書館へなにをしに？」

「ああ、先日頼んだ本が届いたと連絡があってな」

「……本を頼めるんですか？」

「他の生徒たちにも有益だと認められればな」

「そうだったんですね……」

「いい加減になさい！」

突然響いた声に、ミナとアルフォンスは思わず顔を見合わせた。

見ると中庭の片隅で、一人の生徒が複数の女生徒に囲まれているようだった。合間から覗くのは薄桃色の頭だ。

（ヒロイン……？）

「わ、私……そんなつもりじゃ……」

いつぞや一人でぶつぶつと文句を言いながら歩いていた時とは別人のような、か細いローゼリアの声が聞こえた。

「まあ白々しい」

「本当に厚かましいですわ」

「なにをしている」

アルフォンスが声を掛けると、ローゼリアを囲んでいた三人の女生徒が一斉に振り返った。

「……殿下……！」

突然現れた王子の姿に、女生徒たちは慌ててスカートの裾《すそ》をつまむと頭を下げた。

「学園内でそういうことはいらない。それでなにをしているんだ」

「……この人が、ヒルデガルト様の婚約者に色目を使っているのですわ」

女生徒の一人がローゼリアを指差した。

「私たちはそれを諫《いさ》めておりましたの」

「色目だなんて……そんな……」

涙目になったローゼリアがふるふると頭を振った。

「私はただ授業でわからない所があったから聞いただけで……」

「まあ、テオバルト様の手を握りしめていたくせに」

「上目遣いで相手を見て……」

「テオバルト様だけではありませんわ、他にも二組の……」

（……うわあ）

ローゼリアが三組の男子に色目を使っているらしいということは、エマとハンナから少し聞かされていた。

ただしローゼリアが相手にするのは貴族の、特に爵位や地位が高い家の子息ばかりで、平民のエマたちには関係なかったから詳しくは知らないようだったが。目の前の貴族令嬢たちの話によると、四名ほどの男子と特に親しくしているようだった。

(ヒロインなのに……なにやってるの)

ドン引きしているミナの隣で、アルフォンスがため息をついた。

「――君たちの言いたいことはわかった。だが、このような場所で囲んで責めるのはどうかと思うが？」

「ですが……！」

「不満があるならその婚約者も交えて話し合うべきだろう、男側にも隙《すき》があるようだからな」

もう一度ため息をつくとアルフォンスはローゼリアを見た。

「それから君も。必要以上に異性に触れる行為は止めた方がいい。不貞を疑われるからな」

「……私、そのようなつもりは……！」

「つもりがなくとも、誤解を与えるような行動は慎《つつし》むべきだろう。淑女教育で習わなかったのか」

「そんなこと……誰も教えてくれなかったです……」

上目遣いでアルフォンスを見つめながらローゼリアは答えた。

(ああこれか……)

「……ああ、これか」

これが女生徒たちのいう色目かとミナが理解した隣でアルフォンスがぼそりと呟いた。

「では講師を雇うなりして学ぶんだな、この学園では教えてはくれないから」

「えっ……」

「行くぞミナ」

「は、はい。失礼いたします」

ミナは女生徒とローゼリアに向かって頭を下げると、身を翻したアルフォンスのあとを追った。

「まったく。ここは魔法を学ぶ場所なのに色恋沙汰で揉《も》めるとは」

「……でも、婚約者の方が他の女性と親しくしていたら怒りたくなるものではないでしょうか」

不機嫌そうなアルフォンスにミナはそう応えた。

アルフォンスは人一倍魔法のことに熱心だから不快に感じるだろうが、十代の女の子なんて、恋愛が最大の関心事といってもいいのだ。まして彼女たちは三組……しかも貴族令嬢、卒業しても魔術師になるか分からないのだ。

「——ミナも怒るのか」

「え？」

ミナは首を傾げた。

「……そうですね……好きな人が他の女子と仲良くしていたら、嫌な気持ちになるかもしれません」

「ミナは好きな相手がいるのか」

「いいえ」

孤児院では日々生きていくのに精一杯だったのでそんな余裕はなかった。

（そういえば……私が家を出なければ、殿下と婚約していたのだろうか）

ふとミナは思い出した。

「殿下は……婚約者はいらっしゃらないのですか」

「ああ。兄より先に作るわけにはいかないからな」

「そうですか……」

そういえば小説でのヴィルヘルミーナとの婚約は、周囲からむりやり決められたものだと言っていた。

「いなくて良かった。あのような面倒ごとに巻き込まれるのはごめんだからな」

（小説で……思い切り巻き込んでいた気がする）

ごめんなさい、ミナは心の中でそっと謝った。

◆第二章　初めての実戦

実戦の日が来た。

パーティ毎に馬車に乗り、王都郊外の森へと向かう。

この森は魔術団が訓練の時に利用する森の一つで、弱い魔物ばかりのため入団したての新人や、新しい魔法を開発したり鍛えたりするのに使うという。今回は初めての実戦なので日が暮れる前までの日帰りだが、その内野宿しながらの訓練や、より強い魔物が出る場所へも行くという。

馬車には五人とライプニッツ先生が乗っていた。もう一つのフランツィスカたちのパーティには校医が同行する。

（小説では……魔物とはいえ初めて自分の意思で生物を殺したヒロインが過呼吸を起こして、殿下に介抱されるんだっけ……）

馬車に揺られながらミナは思い出した。――純真で優しいヒロインのはずなのに、なんであんな風になってしまったのだろう。

先日図書室へ向かう途中でローゼリアを見かけたことをエマたちに話したら、『担任のベーレンドルフ先生にも色目を使おうとしてたよー。相手にされてなかったけど』と衝撃の話を聞かされた。生徒だけでなく、先生にまでとは。

（殿下も不快に思っていたし……これで聖女にならなかったらどうなるんだろう）

魔物は減らないままなのだろうか。そう思い至ってミナはぞっとした。

馬車が森の入り口へ到着すると、すでに三名の魔術団の者が待っていた。

「……兄上――」

アルフォンスとエドモントの声が重なった。

そこにいたのはアルフォンスの兄、第一王子のハルトヴィヒと、エドモントの兄エーミールだった。

（わあ！　本物！　大人になってさらにかっこいい！）

ミナは思わず心の中で叫んだ。

前世のミナが小説を読んだのは、元の乙女ゲームのファンだったからだ。絵が綺麗で声も素敵で、疑似恋愛をするようにドキドキしながらプレイしていたのだ。その、いわば憧れのキャラクターたちが実体となり、さらに成長して目の前に現れるとは。

「君が噂の水色の魔力を持つ子だね」

エーミールがミナの前に立った。

（声もゲームと同じ！）

エドモントと同じ銀髪に灰色の目で面立ちも似ているが、こちらは中性的な驚くほどの美形で――

知らずミナの顔が赤くなってしまう。

「は、はじめまして。ミナといいます」

「弟が世話になっているそうだね。根性を叩き直してくれたって聞いているよ」

「いえ、そんな……」

「――なんだあの態度。俺たちと全然違うじゃないか」

頬《ほほ》を染めながらエーミールを見上げるミナを見ながら、エドモントは冷めた声で言った。

「エーミールに会った女性は大体あああいう反応になるからな」

「ミナさんも女の子なんですね」

ハルトヴィヒの言葉に双子が頷く。

貴族令嬢にも劣らない可愛らしい面立ちのミナに、一組の男子たちは最初色めき立っていたが、彼女の強さと容赦のない戦法を見せつけられてすぐに淡い想いは消え失せた。それでもミナを慕うクラスメイトは多いが、それはアルフォンスと匹敵する強さを持つことへの憧れのようなものだ。

ちなみにフランツィスカもかなりの美人なのだが、その大らかな性格と男子顔負けの強気な戦法から、陰で『フラン姉さん』と呼ばれている。

「……兄上たちがわざわざ来たのはミナを見るためですか」

アルフォンスはハルトヴィヒに尋ねた。

「それもあるけどね。一昨日、王都に戻ってきて今日は身体が空いていたから。それに弟たちの成長も見たかったし」

ハルトヴィヒは弟を見て目を細めた。

「剣も魔術も成長が著しいと聞いているよ」

「ありがとうございます。一日も早く兄上を超せるよう頑張ります」

「はは、超されたら困るな」

「それじゃあ改めて説明するぞ」

ライプニッツ先生の声に、一同は集まった。

「ルートは二つ、パーティで分かれて行動する。各自の役割を忘れるな。魔物に遭遇したら戦闘か退却かは各リーダーの判断に任せる。お前たちの実力ならば問題はないはずだが、学園内と違ってここはなにが起きるかわからない。決して油断するなよ」

ミナたちのパーティはリーダーのアルフォンスを筆頭とした五人とライプニッツ先生、それにハルトヴィヒとエーミールの合計八名。もう一人の魔術団員はフランツィスカのパーティに同行する。

(なんか……父兄同伴の遠足みたい)

森は魔物が出るとは思えないのどかな雰囲気に包まれている。パーティの後ろからついていくのは先生と兄二人で——気分は完全に遠足だった。

「殿下、今日は帯剣しているんですね」

前方を歩くアルフォンスにエルンストが尋ねた。

学園内でアルフォンスが剣を持つことはないが、彼のもう一つの属性である光魔法は剣と組み合わせることでより強い効果を発揮すると、授業で教えられた。

「光魔法も学園では使いませんよね」

「ああ、光魔法は魔物の死骸を浄化するものだからな。人間に対しては目眩《めくらま》しにはなるが、攻撃力はないから学園で使うのには向かない。それに教えられる教師もいないしな」

光魔法の持ち主は滅多に現れない。アルフォンスの前に存在したのは百年以上昔のことだという。

「光魔法の持ち主が現れる時は、国になにかが起きる時だともいわれているんだ」

背後からエーミールの声が聞こえた。

「なにかとは?」

「今の魔物が蔓延《はびこ》っていることですか?」

「そう、それについてある可能性を考えていてね」

一同はエーミールを振り返った。

「アルフォンス殿下が生まれたのと同じくらいの時期に、魔女マリーに異変が起きていたことが最近の調査でわかったんだ」

「異変?」

「彼女は元々平民だったんだけど、五歳の時に高熱を出してね。それから周囲に奇妙なことを言うようになったらしい」

「奇妙?」

「私は『ひろいん』だとか、本当は貴族の娘で、やがて迎えが来て王妃になるんだとか……。貴族の娘だったというのは本当でも、他のことはデタラメだったようだが」

エーミールはハルトヴィヒを見た。

「……我々が魅了魔法にかかったままだったら、彼女は王妃になっていたかもしれない」

「――そうだな」

苦々しげにハルトヴィヒはため息をついた。

(え、待って……『ヒロイン』って!)

ミナは目を見開いた。

（まさか魔女……乙女ゲームのヒロインも転生していたの⁉）

それが本当ならば、魅了ではなく、ただヒロインはゲームどおりに攻略していただけではないのだろうか。

（でも呪いはかかって……疫病や魔物が増えたのは事実だから……？　魅了魔法を使って攻略していた？　魔女が元日本人……⁉）

「――待て」

ミナが混乱していると、アルフォンスが立ち止まった。

「いる」

アルフォンスの言葉に、パーティは一斉に身構えた。

前方に三頭の魔犬がいた。目が合うと一斉に唸り声を上げる。

「攻撃！」

アルフォンスの声に双子が前に飛び出すと同時に風の刃を放った。

風は鋭い音を立てて魔犬を斬りつけていく。二頭が呻《うめ》き声を上げて倒れたが、残りの一頭がこちらへ飛び出して来ると、すかさずアルフォンスが小さな炎の球を立て続けに放つ。

幾つもの炎が魔犬の首元へと当たると、残りの一頭も咆哮《ほうこう》をあげて崩れ落ちた。

「三頭、絶命確認」

「周囲に異常なし」

双子とエドモントの声が聞こえた。

「――うん、いい感じだね」

見守っていたエーミールが口を開いた。

「アルフォンス。君たちの戦略は」

「はい、数が少ない時は私とリヒテンベルガー兄弟が攻撃、二人は後衛。同時にエドモントが周囲に他の魔物がいないか見張り、ミナは人間側に異常がないか注視し、あれば回復します」

ハルトヴィヒの問いにアルフォンスは答えた。

「基本どおりだな、各自落ち着いているし動きも悪くない」

「魔術団のパーティに見劣りはしないね」

ハルトヴィヒと顔を見合わせてエーミールはそう言うと、五人を見た。

「じゃあ、次に魔物が出たら後衛二人に攻撃してもらうから」

「……後衛が、ですか」

ミナは思わず聞き返した。

「あらゆる状況を想定して役割を変えるのも訓練だよ」

「しかし今日は初めての実戦で……」

「彼らの能力はすでに魔術団員レベルだと報告をもらっているよ」

ライプニッツ先生にエーミールは言った。

「それに今日は我々が同行している。多少無茶をしても援護できるから」

「は……」

確かに、副団長のハルトヴィヒと、その参謀であるエーミールがいるのだし、この森ならばなにかあっても対応できるのだろう。

「という訳で次はエドモントとミナ、頑張ってね」

「はい……」

笑顔でそう言うエーミールに、ミナは思わずエドモントと顔を見合わせた。

「出ませんねえ」

「いませんねえ」

「そろそろ別パーティとの合流地点だな」

それからずっと森を進んでいたが、魔物に遭遇することはなかった。初心者向けの森だから魔物の数も少ないのだろうか。そう思い、ミナはふと思い出した。

(確か小説でも……)

「……おかしいな、少なすぎる」

ライプニッツ先生が言った。

「ここは強くはないがそれなりの数の魔物がいるはずだ。学園の実戦でも毎回少なくとも五回は遭遇している」

「確かに……最近魔術団でもここは使っていないはずだな」

「はい」

ハルトヴィヒとエーミールが確認し合った。

(そう……あまりの少なさに皆が疑問を抱き始めた所で……)

「……上だ!」

アルフォンスが叫んだ。

ザワザワと頭上の木々の葉が揺れた。見上げるとそこからキーという小さな声と共に降ってきたのは大量の――。

（……ネズミ⁉）

「いやあ‼」

叫ぶと共にミナの身体から水色の光が放たれた。広がった光に当たった、ネズミに似た姿の魔物がぼとぼとと落ちてくる。

「いやあ！　無理ぃ！」

「ミナ落ち着け！」

喚《わめ》くミナの腕をライプニッツ先生が摑んだ。

「……アルフォンス！」

ハルトヴィヒの声にアルフォンスが剣を抜いた。

「消えろ！」

刃が金色の光に包まれた。その光が周囲へと広がると、地面に散らばった魔鼠《まそ》の死骸が金色の光に包まれ消えていった。

「……これが浄化の光魔法……」

「魔物を消すのか……」

「ほら異常確認！」

初めて見たアルフォンスの光魔法に目を丸くしていたエドモントと双子は、ハルトヴィヒの言葉に慌てて周囲を確認した。

「ミナ、もう消えたから」

ライプニッツ先生はぐずぐずと子供のように泣き出したミナの頭を撫でた。

「……すみ……ませ……」

（ネズミじゃなかったのにぃ……）

小説でも大量の魔物が発生したが、それは魔犬や狐に似た複数の種類の魔物だったはずだ。まさか上から大量のネズミが降ってくるなんて。

「むかし……ネズミに噛まれて……それから……ダメで……」

ミナがまだ侯爵家にいた頃。母親に閉じ込められた庭の用具庫でネズミに足を噛まれて高熱を出して以来、ミナはネズミが苦手だった。

養父の家や孤児院にもネズミは出たし、一匹二匹ならば耐えられるようになったのだが、それが大量に、しかも上から降ってくるとなるともう無理だった。

「そうか、誰にでも苦手はある。それを知り克服するのも訓練の内だ」

「は……い……」

子供をあやすように頭を撫でられ、落ち着きを取り戻すと共に今度は恥ずかしさでいっぱいになったミナは、先生から身体を離すと涙で滲《にじ》んだ目元を指で乱暴にこすった。

「ああ、ダメだよミナ」

ふいにミナの目の前に白いハンカチが差し出された。

「目を擦っては、傷がついてしまう」

顔を上げるとアルフォンスが覗き込んでいた。

アルフォンスは手にしたハンカチでミナの目元をそっと押さえると、それをミナの手に握らせた。

「ほらこれで拭いて」

「……は……い……ありがとう……ございます……」

「――さすが王子様、こんな所でも紳士ですね」

「ミナさんもネズミが苦手なんてやっぱり女の子ですね」

「……けっ、ネズミが苦手な魔術師なんて恥ずかしい」

バルドゥルとエルンストが言い合う隣で、エドモントが呟いた。

「エド。そういうお前は克服したのか？　確かクモが……」

「うわあっ」

慌てて言葉を遮ったエドモントにエーミールはにやりと笑みを浮かべた。

「――しかし、おかしいな」

周囲を見渡してハルトヴィヒが言った。

「これまでこの森で、魔鼠の大群など……聞いたことがない」

「そうですね」

「魔物が少なかったこといい……なにか……」

次の瞬間、大量の魔物の気配を感じ一同は一斉に身構えた。見やると木々の間や幹の上、あらゆる場所に数えきれないほどの魔物がいた。

「なんだこれ……」

「……全く気配を感じなかったぞ！」

「――これは学生の訓練の範囲を超えているな」

ハルトヴィヒは全員を見渡した。

「私が指揮を取る。光で先制、風が全体または複数攻撃、こぼれを火が倒せ。水は回復に専念、後衛はエーミールに任せてエドモントは攻撃に参加。アル！」

ハルトヴィヒの掛け声にアルフォンスが剣を抜いた。剣を薙ぎ払うと金色の光が周囲へと放たれる。

「颪！」

双子が目を眩ませた魔物へと広域魔法を放った。

「くるぞ！」

風魔法で倒しきれなかった魔物が咆哮を上げて襲いかかってきた。

「ひっ……」

初めて見る魔物の大群にミナは思わず悲鳴を上げた。

「大丈夫だよミナ」

ミナの頭にエーミールの大きな手が乗せられた。

「初めてだから怖いだろうけれど、君は私が守るから人間だけを見て」

「……はい」

パーティが壊滅しないために重要なのは、唯一回復魔法を使える水属性の魔術師だ。そのため水属性には護衛が付くことも多い。エーミールはミナの護衛も務めてくれるのだろう。

(そうだ……しっかりしないと。私が皆を守るんだから)

ミナは口をぎゅっと結ぶと目の前で繰り広げられている戦闘を見据えた。


「くそ、なんだこれは……」

「きりがないぞ！」

倒しても魔物はあとからあとから湧いてきた。

「……この森にこんなに魔物がいたとは」

エーミールが呟く。

（小説でも魔物の大群が出てきたけど……こんなに多くなかったような……）

「援軍です！」

「やだなにこの大群！」

その時背後から声が聞こえた。別パーティの一行が現れたのだ。

「火と風は攻撃に参加しろ！　火は森を焼くなよ！　水は回復、土は水の護衛と防御！」

ハルトヴィヒの声に一行が素早く動いた。


総勢十五人がかりでようやく魔物を壊滅させた頃には陽差しが傾き始めていた。

「これは……酷いな」

辺り一帯に倒れた魔物の身体から放たれる臭《にお》いが充満している。

「兄上、浄化しますか」

「――いや、このままでいい」

アルフォンスに答えると、ハルトヴィヒはため息をついた。

「さすがにこれは異常だ。明日調査させる」

「ミナ！　大丈夫だった？」

フランツィスカが駆け寄ってきた。

「フラン……」

「なにかあったの⁉」

友人の顔を見た途端泣き顔になったミナに、フランツィスカは慌ててその顔を覗き込んだ。

「……ネズミが……」

「ネズミ？」

「沢山……降ってきて……」

「あーそれは……無理ね……」

「ミナさんネズミ苦手なんですか？」

フランツィスカのパーティの男子が、落ちていた一体の魔鼠を摘むとミナの目の前に差し出した。

「こんな小さい魔物くらい……」

「……いやぁ!!」

「馬鹿！　なにやってるの！」

悲鳴を上げたミナを抱きしめるとフランツィスカは男子を睨みつけた。

「だって……」

「だってじゃないわよ。……ミナ？」

フランツィスカはミナが震えているのに気づいた。

「大丈夫？」

「……さい……」

「ミナ？」

「ごめんなさい……おかあさま……」

身体を震わせながらミナは独り言のように呻いた。

「おかあさま……ごめんなさい……出してください……こわい……いたい……」

「ミナ！」

「ここから出して……おかあさま……っ」

崩れ落ちるとミナは意識を手放した。


一行は帰路を急いでいた。

「慣れない戦闘で苦手なものが炙り出されたり、過去の傷をえぐられるようなことが起きるのは新人の魔術師にはよくあることだ」

意識を失ったミナを背負ったライプニッツ先生が言った。

「魔物よりも自身の心の方が強敵の場合も多い。お前たちも気をつけろよ、心に傷がある場合は学生の内に克服しておかないと後々辛いぞ」

「ミナは……大丈夫でしょうか」

「それは本人次第だな。ミナにはしばらく技術よりも精神面を整えることを優先させる」

校医と視線を合わせて先生は言った。

「しかし、さすがに今回は酷かったな。初の実戦が苦手なネズミの大群とは」

「よほど辛い思いをしたようだな」

頬に涙が流れた跡があるミナの顔を見てエーミールが言った。

「彼女は平民だったな。出身は？」

「親は北部の町で行商をしていたと。例の疫病で親を失い孤児院に入ったと本人は言っています」

「――行商人の娘が母親を『お母様』とは言わないな」

「そうですね」

エーミールの言葉にライプニッツ先生は頷いた。

「顔立ちや普段の立ち振る舞いなど、平民らしくないと感じることはあります」

「それにあの魔鼠に放った水色の光」

エーミールはハルトヴィヒを見て他の者には聞こえない声で言った。

「あれは……おそらく水魔法ではありません」

「水魔法ではない？」

「他の属性とも異なる気を感じました。……アルフォンス殿下の光魔法に近いかと」

エーミールは魔法研究家でもある。魔女に魅了されたとはいえ、その能力は高く、魅了から解かれたあとは多くの研究成果を挙げている。そのエーミールが言うのだから、ミナの魔力は他の者と違うのだろう。

「それで？」

「彼女の魔力について調べたいですね」

「――もうじき夏期休暇に入るな」

ハルトヴィヒはライプニッツ先生を見た。

「休暇中、ミナを魔術団で預かりたい」

「それは許可できませんね」

しばらくの沈黙のあと、ライプニッツ先生は答えた。

「彼女の心の不安を取り除くのが最優先です。場合によってはしばらく魔法を使うことも禁止するかもしれません」

「……そうか、それは残念だ」

「確かにミナの魔法は研究の対象となるものでしょうが、中身はまだ十六歳の少女なのです。それをお忘れなきよう、お願いいたします」

そう言うと、ライプニッツ先生はミナを背負い直した。


「お帰りなさいませ、お嬢様」

「ただいま」

フランツィスカが家に帰ると執事が出迎えた。

「お嬢様に来客でございます」

「来客？　こんな時間に？」

もうすっかり日が暮れた時間に自分へ来客があるとは思えない。フランツィスカは不思議そうに首を傾げた。

「はい、アルトゥール様がいらっしゃっております。ただ今フリードリヒ様がお相手をなさっております」

「アルトゥール様が？」

アルトゥールはフランツィスカの婚約者だ。とはいえこんな時間に来るとは珍しい。

「部屋に戻られる前に、お二人にご挨拶をなさっていただけますか」

「……でも私、汚れているわ」

森で魔物と戦ったせいで、制服は泥やら魔物の血やらですっかり汚れている。

こんな姿、とても婚約者や兄に見せられるものではない。

「先に着替えてから……」

「お帰りフランツィスカ」

身を翻しかけたフランツィスカの背後から声が聞こえた。

「……お兄様」

「無事で良かった」

フランツィスカの前まで来ると、フリードリヒは妹の姿を見て眉をひそめた。

「――と思ったけれど。本当に無事だったか怪しいな」

「……少しは怪我もしましたけれど、すぐに治してもらいましたから」

「フラン……」

はあ、とフリードリヒはため息をついた。

「やっぱり魔術師になるなどと危険なことは……」

「国を守るのは貴族の役目。殿下もそうおっしゃっていましたわ」

「だからといって。お前は女だろう」

「魔物の前では性別は関係ありません」

前にミナが言った言葉を借りてそう言うと、フランツィスカは兄を見て眉をひそめた。

「お兄様は王宮で殿下の帰りを待たなくてよろしかったのですか」

「今日はその殿下の名代でアルトゥールと共に外へ出ていたんだ。直帰していいと許可も得ている。それでお前が森へ行っていると言ったらアルトゥールも心配してね、無事を確認したいと一緒に帰ってきたんだ」

「……そうでしたの」

フランツィスカは自分の制服に視線を落とした。

「では着替えてからアルトゥール様にご挨拶します」

「……そうだな、そんな格好は見せない方がいい」

「では後程」

「ああフランツィスカ、夕食は？」

「森からの帰りの馬車の中で済ませましたわ」

「は？」

フリードリヒと執事が同時に声を上げた。

「馬車の中で食事？」

「お嬢様、そんな行儀の悪いことを……！」

「仕方ないでしょう、戦えばお腹も空くもの」

身体を翻すとフランツィスカは自分の部屋へと戻った。


（本当に……貴族は面倒くさい）

部屋に入るとフランツィスカは制服を脱ぎ捨てた。

すかさず控えていた侍女がお湯で絞ったタオルで身体を拭き、ドレスを着せていく。

（私も寮に入りたかったな……）

そうすれば貴族の礼儀作法なんて関係ない、魔法にどっぷり浸かった生活ができるし……なによりミナたちと夜も一緒に過ごせるのに。

お泊まり会と称して、休みの前日に三人でベッドの上でお菓子を食べながら寝落ちするまでお喋りをして楽しむこともあるのだという。それを聞いて、どれだけ羨ましいと思ったことか。自分は貴族には向いていないのだとフランツィスカはつくづく思った。

（ミナ……大丈夫かしら）

森で倒れたミナは学園に戻っても意識を取り戻さなかった。そのまま先生が寮へと運んで行ったが……明日には目を覚ますだろうか。

（そうよ、寮に入っていればミナの看病だってできたのに）

フランツィスカが魔法学園に入ることに、家族は最初反対していた。なんとか通えることになったのは、フランツィスカの魔力はとても高く魔術団でも十分にやっていけるから是非にとハルトヴィヒから推薦《すいせん》されたからだ。

その代わり幾つかの条件を出されて、その内の一つが家から通い、貴族令嬢としての役目もしっかり果たすことだったのだ。バウムガルト家は伯爵位だが、代々王家の侍従を務める由緒ある家としてその地位も高い。フランツィスカにも相応の振る舞いを求められる。

それが正直、息苦しかった。


「アルトゥール様、ごきげんよう」

着替え終わったフランツィスカは応接室へと向かった。

「フランツィスカ」

フリードリヒと話をしていた青年が立ち上がった。

アルトゥール・フォルマーは十九歳。宰相の息子であり、兄フリードリヒとは次期国王と目されているアルフォンスを支える立場として親しくしており、フランツィスカとの婚約もその縁で決まったのだ。

金髪碧眼で優しげな顔立ちの好青年だ。

「お帰り、無事で良かった」

「こんな時間までお待ちいただき、ありがとうございます」

「君が初めての実戦に行くと聞いてね。無事を確認するまでは安心できないから」

そう言ってアルトゥールはほっとしたような笑顔を見せた。

（ああ……そうか。ミナの笑顔はこの人に似ているんだ）

ミナにどことなく懐かしさや親しみといったものを感じると思っていたけれど、それは目の前の青年と友人が似ているからだとフランツィスカは気づいた。

「そんなに心配ならば妹の魔法学園入りを反対してくれれば良かったのに」

フリードリヒは、ややむっとしたようにアルトゥールを見た。

「君が結婚するまでは自由にしていいなどと言うから……」

「彼女には魔術師になりたいという夢がある。結婚したらフォルマー家に縛り付けられることになるからな、その前に少しでも夢を叶えさせてあげたいだろう」

（本当に……いい人なのよね）

これが他の貴族ならば、自分の婚約者が命を落とすかもしれない魔術師になりたいなどと言っても許さないか、婚約を破棄してもおかしくない。だがアルトゥールはあっさりと認めてくれたのだ。

「それで、初めての実戦はどうだった？」

「はい……思いがけない魔物の大群が出て大変でしたけれど、無事遂行できましたわ」

「大群!?」

（あ、しまった）

声を上げたフリードリヒを見てフランツィスカは言ってしまったことを後悔した。

「初めてなのにそんな危険なことをさせるのか⁉」

「異例だったそうですわ。それにハルトヴィヒ殿下が指揮をしてくださったので問題なく壊滅できましたの」

「ハルトヴィヒ殿下がいたのか？」

「はい、エーミール様とご一緒に」

「その二人がわざわざ学生の訓練に同行したのか」

「……アルフォンス殿下がいたからか？」

フリードリヒとアルトゥールは顔を見合わせた。

「ちょうど空いていたからとおっしゃっていましたが……」

確かに、改めて考えると学生の訓練に魔術団でトップクラスの二人が来るのは珍しいことなのかもしれない。

「――それで、フランツィスカは無事だったんだね」

「はい」

本当は少し怪我もしたけれど。それを言って先刻の兄のような反応をされるのも面倒だと、その兄がなにか言いたそうにしてこちらを見ているのを無視してフランツィスカは笑顔でそう答えた。

「アルフォンス殿下や他の者たちも無事だったのかい」

「……友人が、精神的に辛い思いをしてしまいましたが」

「フランツィスカの友人？　女性か？」

「はい……幼い頃にネズミに嚙まれて以来苦手だったそうですが、別行動している時に魔鼠の大群に襲われてしまって……」

「ネズミに噛まれて……」

「フランツィスカ、もしかしてその友人とは黒髪か？」

「ええ……どうしてそれを？」

フリードリヒの問いにフランツィスカは訝しげに首を傾げた。

「殿下が入学式の日に言っていたんだ、黒髪で水色の瞳の可愛らしい子がいたと」

「……え、あの朴念仁の殿下がミナを可愛いって言ったの⁉」

「朴念仁って……フラン、お前殿下に対して……」

「だって学園でも女子たちの誘いに全く気づかないし、魔術のことしか頭になさそうだし……あれ、でもミナのことは気にかけている……ような？」

フランツィスカは首を傾げた。

「でもそんな甘そうな雰囲気は全くないし……」

アルフォンスがミナに話しかけたりしているのはよく見るが、それは他のクラスの男子やフランツィスカに対する態度と変わらないように思う。

「——フランツィスカ」

アルトゥールが口を開いた。

「その子はミナという名前なんだね」

「ええ……」

「家名は？」

「ありませんわ」

「平民なのか」

「本人はそう言っていますけれど……多分貴族の血を引いているという噂ですわ」

「――黒髪で、瞳は水色。そしてフランツィスカと同じ十六歳」

「ええ……」

「……アクアマリンのような珍しい色だと殿下も言っていたな」

「そうか……」

「アルトゥール様？」

「そのミナという子……私の妹かもしれない」

どこか遠くを見るような眼差しで、アルトゥールは深く息を吐いた。


目を開けると寮の天井が見えた。もう朝なのだろう、カーテンの隙間から明るい光が差し込んでいる。

「……あれ……？」

ミナは瞳を瞬かせた。

「私……いつ帰って……？」

記憶がない。確か森で魔物の大群と戦ったあと、魔鼠の死骸を見せられて……。

「あ……っ」

気を失うまでのことを思い出しミナは慌てて飛び起きようとしたが、途端に強い目眩を覚えた。心臓がばくばくする。

「ど……うしよう」

魔鼠の大群にパニックを起こしただけでなく、死骸を見てまた混乱して意識を失うなんて。魔術師として——失格なのではないだろうか。

(退学……まではいかなくても、下のクラスに移動するよう言われたら……どうしよう)

あんな小さな魔鼠に怯える魔術師などいないだろう。落ち込み、枕に顔を埋めているとドアをノックする音が聞こえた。

「……はい」

「ミナっ!」

バタン! とドアが開いてエマとハンナが飛び込んできた。

「良かった……」

「痛いところない? 大丈夫?」

「うん……大丈夫……」

心配そうな顔で自分を覗き込む友人たちに、ミナは笑顔を向けた。

「ありがとう……心配してくれて」

「先生が運んできたんだよ」

「あ、着替えは私たちがやったから大丈夫よ」

「……ありがとう」

「無事で良かった……」

エマがミナにぎゅっと抱きついた。

「ミナがいくら強くても、魔物は怖いし危ないもん」

「すごく沢山出たんでしょ」

「うん……」

「頑張ったね、ミナ」

ハンナにも抱きしめられ、ミナは鼻の奥がツンとするのを感じたその時、誰のものともわからないお腹の音が大きく響いた。

「──」

三人は顔を見合わせ……一斉に笑い出した。

「朝ごはん食べよう」

「そうだ、遅れちゃう」

「ミナは今日お休みしてもいいって先生言ってたよ」

「──ううん、行くわ」

首を振ると、ミナはベッドから起き上がった。


「ミナ！」

教室へ入るとフランツィスカが駆け寄ってきた。

「大丈夫なの？」

「はい……」

クラス全員がすでに揃っている教室内を見渡して、ミナは深く頭を下げた。

「昨日はご迷惑をお掛けしました。申し訳ありません」

「ミナ」

アルフォンスの声がすぐ側から聞こえ、顔を上げると、優しい笑顔がミナを見ていた。

「謝らなくていい、昨日のことは新人の魔術師にはよくあるそうだ。ああいう事態が起きるのも想定内だと兄たちも言っていた」

「ですが……」

「先生も言っていただろう、失敗は今のうちにしておけと」

アルフォンスはくしゃりとミナの頭を撫でた。

「あ、あの！　ミナさん！」

男子生徒が駆け寄ってきた。

「僕がミナさんに魔鼠の死骸を見せたせいです、ごめんなさい……！」

「そうだローベルトが変なことするからだぞ」

「いえっ謝らないでください」

ミナは慌てて首を振った。

「それは私が弱いからで……」

「お、ミナ来たのか」

ドアが開くとライプニッツ先生が入ってきた。

「今日は休んでいいと言っておいただろう」

「いえ……大丈夫です」

「昨日は疲れただろう。今日は午前の座学だけだ」

全員が席に着くのを待って、先生は言った。

「今日は昨日の反省を行う。まず昨日のミナの件だが」

先生はミナを見て、それから全員を見渡した。

「昨日も言ったが、あれは全員に起こりうることだ。魔物との戦いはそれだけ精神にも負担がかかる。大事なのはそれを克服し、傷を残さないことだ」

先生は昨日の魔物の大群は異例だったことを改めて説明し、原因についてはこれから魔術団で調査すると言った。

（確か小説では……この先も魔物の異常発生が増えていくのよね……）

ミナやヒロインが小説とは異なる一方、小説と同じ出来事も起きているようだった。

それから先生が各パーティや個人の行動について評価し、問題点を挙げていき、パーティ毎に改善策などを話し合った。

「それじゃあ今日は終わりだ」

午前の授業が終わると、そう言って先生はミナを見た。

「ミナ。お前は昼食後に指導室へ来てくれ」

「……はい」


「ミナ！　食事に行きましょう」

フランツィスカがミナの腕を取った。

「今日は二人きりでいい？　話したいことがあるの」

「？　ええ……」

食堂で、外で食べられるように箱に入ったサンドウィッチを受け取ると、二人は談話室へと向かった。ここは使用するのに許可がいるが、防音魔法が施してあり話を聞かれる心配がない。

「……なに……？」

サンドウィッチを食べながら、フランツィスカはじっとミナの顔を見つめていた。

「うん……やっぱりそうなんだと思って」

「え？」

「ミナって何月生まれ？」

「……九月だけど……」

「そう、誕生日的にもミナが妹になるのね」

「フラン？」

なにかぶつぶつ言っているフランツィスカに、ミナは首を傾げた。

「――あのね、ミナ」

食べ終えるとフランツィスカは改まった。

「アルトゥール・フォルマー様って知ってる？」

びくり、とミナの肩が震えた。

「私の婚約者なんだけれど」

「えっ」

声を上げてしまい、ミナは思わず手で口を塞いだ。

「……昨日帰ったらアルトゥール様がいらしていて、実戦のことを聞かれたからミナのことも話したんだけど……」

ミナの反応をじっと見つめながらフランツィスカは言った。

「ミナは、アルトゥール様の妹なのね？」

「――」

　ミナは俯いた。

「……アルトゥール様からの伝言よ。『兄として守れなくて悪かった、許されるとは思っていないが謝らせて欲しい』と」

「……お兄様は悪くないわ」

　しばらくの沈黙のあとでミナは口を開いた。

「あれは……私の……」

「少し聞いたの、その髪色のせいでミナが辛い思いをしていたって」

　フランツィスカはミナの手を握りしめた。

「アルトゥール様もご両親も、ミナがいなくなってとても後悔したって。どれだけ探しても見つからなくて……だから生きていて嬉しいけれど、もしもミナが家に戻りたくないのならば戻らなくてもいい、ただどうしても謝りたいって」

　顔を上げたミナに、フランツィスカは笑顔を向けた。

「すぐに返事はしなくていいわ、気持ちの整理も必要でしょうし。ミナはなにも悪くないんだから」

「フラン……」

「私はミナの味方よ、必要だったら代わりにアルトゥール様を殴るくらいはしてあげるから」

「……ありがとう」

　友人の言葉に、ミナはほっとしたような笑顔を見せた。

　ミナがフランツィスカと指導室へ向かうと、ドアの前にアルフォンスが立っていた。

「……殿下も呼ばれたのですか」

「いや。昨日のことだろうからリーダーとして同席した方がいいかと思ってな」

「殿下って責任感が強いというかお人好しというか……」

フランツィスカは口角を上げた。

「そういえば、兄から聞いたのですが。ミナのこと、可愛いって言ったそうですね」

「え」

「可愛いと思ったからそう言っただけだ。違うか？」

アルフォンスは首を傾げた。

「ミナは可愛いし、フランツィスカは美人だと思うぞ」

「――やっぱり殿下はそういう方面は疎いんですね」

はあ、とフランツィスカはため息をついた。

「なんだ大勢だな」

ライプニッツ先生がやってきた。

「俺はミナだけを呼んだはずだが」

「パーティのリーダーとして同席した方がいいと思ったのだが」

「私は保護者代理です」

フランツィスカはミナの腕を取るとそう答えた。

「なんだそれは。まあいい、とりあえず入れ」

先生は三人を促《うなが》した。

「ミナ。昨日のことだが」

全員が座ると先生は口を開いた。

「授業でも言ったが、あの出来事自体は新人にはあり得ることだし仕方のないことだ」

「……はい」

「ただし、ミナがネズミに対しての苦手意識を克服しないと、お前はこれから魔術師としてはやっていけないだろう」

「――はい」

ミナは頷いた。

「そこで、克服するためにはまず原因を知らなければならないのだが。昨日ミナが口走っていたことから察するに……母親が関係あるんだな」

ミナは視線を落とすと小さく頷いた。

「それからミナの素性について、平民ではないのではという声が多くてな。おそらく魔術団に入ってもそのことは言われるだろうし、すでに副団長たちも気になっているようだ。――その辺りを今のうちにスッキリさせておいた方が良いだろう」

俯いたままのミナを見つめて先生は言った。

「俺はミナの素性と、ネズミの件は関係があると思っている。違うか？」

「……ミナ」

フランツィスカはミナの肩に手を触れた。

「心の準備がまだなら……」

「――いいえ。大丈夫、です」

ミナは顔を上げた。

「……私の……元の名前は、ヴィルヘルミーナ・フォルマーといいます」

「フォルマー……侯爵？」

「……宰相との関係は？」

「私の父です」

アルフォンスの問いにミナは答えた。

「――言われてみれば……アルトゥールに似ているが……」

ミナをまじまじと見つめて、アルフォンスはフランツィスカを見た。

「フランツィスカ……君はこのことを知っていたのか？」

「昨日、ちょうどアルトゥール様とお会いした時にミナのことをお話ししたら、妹かもしれないと言われました」

「侯爵令嬢が……なぜ平民になったんだ？」

先生が首を傾げた。

「私が生まれた時……黒髪だったため、母は不貞を疑われたそうです」

ミナはそう答えると、再び視線を落とした。

「私はずっと母に嫌われ続けて……叩かれたり、怒鳴られたりしていました。庭の用具庫に閉じ込められて……その時にネズミに噛まれました。父はそれらに見て見ぬフリをしていて……」

ミナは膝に置いた手をぎゅっと握りしめた。

「八歳の時、領地へ向かっていた馬車が脱輪する事故がありました」

それは狭い山道を走っている時だった。ミナは車外へ投げ出され、そのまま崖を落ちていったのだ。

全身を打ち、動けなくなっていたミナを発見したのは行商帰りの夫婦だった。彼らはミナの身体に古い傷跡があるのを不審に思い、問われるままミナは母親から受けていた仕打ちのことを話した。それを聞いた夫婦は家に帰らずこのまま自分たちの娘になればいいと言ってくれ——ミナもそれを受け入れたのだ。

夫婦は子供に恵まれず、養子を取ろうかと話していたところだったという。

「……そうだったのか」

ミナの話を聞いて先生はため息をついた。

「あの宰相がそのようなことをするとは……」

「——アルトゥール様の話では、ミナがいなくなったあと、家族は後悔したそうですわ」

呆れ顔のアルフォンスにフランツィスカが言った。

「……あとから悔やんでも遅いんですけれどね」

「——そうなると、だ」

先生は思案するように顎に手を当てた。

「家族との確執を解決した方がいいだろうな」

「そうだな、宰相に謝罪させなければ」

「……家族に会うのは、正直怖いです」

ミナは口を開いた。

「——あとはネズミに慣れさせていくという手もあるが。やはり根本の原因を解決しないと、どんなトラウマが出てくるかわからないからな」

先生はミナを見て言った。

「家族とすぐに会えとは言わないが。この件が解決するまでミナは実戦には参加させられない。魔鼠はどこにでも出るからな」

「……はい」

ミナは頷いた。

◆第三章　帰省

「見えた……！」

前方の、木々の間から覗いた教会の青い尖塔にミナは思わず乗合馬車から身を乗り出した。離れてから数ヶ月しか経っていないのに、その風景は随分と懐かしいように思えた。

夏休みに入り、ミナは孤児院へ向かっていた。

顔を見せるとシスターや子供たちと約束をしていたのだ。馬車を乗り継いで三日。この森を抜ければようやく到着する。

家族との件について、まだミナの中で覚悟はできていなかった。シスターや、孤児院に隣接している教会の神父はある程度事情を知っているので彼らにも相談してみようとミナは思っていた。

「うわあっ」

御者の叫び声と、馬の嘶きと共に突然馬車が止まった。

「どうしたっ」

「ま……魔物が！」

馬車に乗っていた客が騒ついた。

（魔物？　こんな場所に⁉）

ミナは急いで馬車の前方へと移動した。ここは町に隣接した小さな森で、魔物などいないはずだった。

馬車の前にいたのは一頭の魔犬だった。荒く息をつき、その体からは黒い血が流れ落ちている。

（怪我《けが》？　襲われた……？　とにかく危険だわ）

怪我をして気が立った魔物は、きっとこちらを襲ってくるだろう。

「私、魔法学園の生徒です！」

ミナは御者に向かって叫んだ。

「私が倒します！」

「え……お嬢ちゃん⁉」

ミナは馬車から降り馬の前へと駆け出し、魔犬へ向かって水色の光を放つと光に包まれた魔犬は苦しげな声を上げ、倒れこんだ。

（――まだいるっ）

周囲へと意識を巡らせたミナは、複数の魔物の気配を感じた。

（二……三頭？　いやもっと来る……なんでこんなに⁉）

複数の魔物の気配がこちらへ向かってくるのを感じる。――ミナ一人で対応しきれるのか、下手したら……馬車を守りきれないかもしれない。

（落ち着いて……まずは……馬車の安全が第一だわ）

ミナは手を上げた。

強い光が放たれると馬車を覆う。防御魔法を馬車に施したのだ。

「お嬢ちゃん……！」

「動かないでください！　複数の魔物がこちらへ向かっています！」

ミナの声に馬車の中から悲鳴が上がった。

（来る……けど、違う気配も……これは……？）

三頭の魔犬が飛び出してきた。そしてその背後から響く、蹄の音。

「馬車がいるぞ！」

「これは……防御魔法⁉」

馬に乗った男たちが現れた。

彼らのマントに施された紋章は、王家の魔術団の印だった。

（魔術団……！）

「君は……ミナか」

男の一人がミナに気づき、マントのフードを外した。

「殿下……」

それはハルトヴィヒだった。

「まだ来るぞっ」

声にはっとしてミナは意識を周囲へと巡らせた。

（なんでこんなに気配がするの⁉　これじゃあまるで……）

あの実戦の大量の魔物の群れを思い出した。

「ミナ！　馬車の乗客を守れ！」

「……はい！」

ハルトヴィヒの声に、ミナは馬車へと駆け戻った。

ハルトヴィヒの指揮のもと、魔術師たちは次々と現れる魔物を倒していく。

（すごい。これが魔術団……）

彼らは先日のミナたちに比べて、その魔法の強さも動きの早さも全く違った。バラバラに動いて魔物を倒しているように見えるが、各自の補助の役割もきっちりこなし、隙がない。相当な訓練と実戦を重ねているのだろう。

（私も……あんな風に戦えるようになるのかなあ）

怯える馬を宥めるように、その首を撫でながらミナは魔術団の戦闘を見つめていた。

「――周辺、異常なし」

「団員異常なし」

「ご苦労。少し待て」

無事に魔物の群れを殲滅できたことがわかり、ほう、とミナは息を吐いた。

団員たちを見渡してから、ハルトヴィヒが馬車へとやってきた。

「ミナ、ありがとう助かったよ」

「え？　私はなにも……」

「君が馬車を守っていてくれたから我々は魔物に専念できた」

ハルトヴィヒは淡い光に包まれた馬車を見た。

「この防御魔法はミナが掛けたのだろう。しっかりとした魔法だ」

「……お役に立てて良かったです」

ミナは安堵と褒められた嬉しさで笑みを浮かべてハルトヴィヒを見上げた。

「ところでどうして君がここに？」

「孤児院へ帰る途中でした」

「孤児院？」

「はい、この森を抜けてすぐの、あの青い尖塔のある教会です」

ミナは森の先を指差した。

「そうか。ちょうどいい、案内してくれるか」

「案内ですか？」

「最近この辺りで魔物が増えていると報告を受けて来たんだ。教会で話を聞こうと向かっている途中だった」

「わかりました」

ミナは頷いた。


まだ魔物が出る可能性があるため、馬車を護衛するように魔術団も共に移動することになったのだが。なぜかミナはハルトヴィヒの馬に乗せられていた。

「ミナは馬には乗れないのか？」

前に乗せたミナの身体が硬直しているのに気づき、ハルトヴィヒは尋ねた。

「いいえ……」

「そうか。乗馬の授業は？」

「……これからあると聞いています」

「魔術団に入るならば馬に乗れないといけないからな。貴族は幼い時から馬に乗っているから慣れているのだが」

「……そうなんですね」

確かにミナの兄も小さい時から馬に乗っていた。ミナは乗らせてはもらえなかったが……こっそりと厩舎《きゅうしゃ》へ行き、馬を撫でていたことは覚えている。

ミナを拒否せず気持ちよさそうに撫でられていた馬との触れ合いは、唯一と言っていいほど心が休まる時間だった。

「ミナはこの森のことは詳しいのか？」

「よく木の実やキノコを採りに来ていました」

「ということは、前は魔物はいなかったということだな」

「はい。町にも近いですし……熊などの危険な獣もいない、小さな森です」

「そうか。――最近、これまでいなかった場所に魔物が現れるという報告が増えている」

ハルトヴィヒはそう言って息を吐いた。

「それにさっきや、先日の実戦の時のように、大群で現れることも多い」

「……なにか起きているのでしょうか」

「エーミールたちが調べているが……まだ分からないんだ」

(小説では……確か魔女の呪いが続いていて――そうだ、魔女が復活しようとするんだ)

ミナは思い出した。

それをハルトヴィヒに伝えるべきなのだろうが……どうしてミナがそんなことを知っているのか、説明ができない。

「前に魔物が増えたのは……魔女の呪いのせいなんですよね」

ミナはそれとなく話題にしてみることにした。

「――ああ」

「今回のことも……関係あるのでしょうか」

「エーミールはそれを疑っているが。魔女はすでに処刑されているし、死骸も燃やしてしまった。調べようがないんだ」

「……そうですか」

（エーミール様が動いているなら……大丈夫かな）

自分が知ることを伝えられないもどかしさを感じながら、ミナは近づいてきた教会を見つめた。


「お帰りミナ。元気そうで良かった」

ミナを見て目を細めると、神父はその背後へ視線を送った。

「そちらは……」

「魔術団副団長のハルトヴィヒ・ブルーメンタールだ」

「これは……殿下でございますか！」

「この辺りで魔物が増えているとの報告を受けて調査に来た。詳しい話を聞きたい」

「は……それではどうぞ、こちらへ」

神父は奥の応接室へとハルトヴィヒたちを促した。

「この近くの山には以前から魔物がいましたが、最近特に数を増やしているようです」

地図を広げて神父は説明した。

「数だけでなく……その凶暴さも増しています」

「ここに来る途中の森で魔物の群れに遭遇したのだが」

ハルトヴィヒは地図を指しながら言った。

「なんと……っ」

神父は息を呑んだ。

「それは知らなかったか」

「はい……昨日も子供たちが入っていましたし、人の往来も多いのですがそのような話は一度も……」

「そうか」

「それでは突然あの魔物の群れが……？」

ミナは眉を寄せた。以前から魔物がいた山も、先日実戦で入った森同様、弱い魔物しかいなかったはずなのに。

「山から来たのだろうな」

地図を見つめてハルトヴィヒは言った。

「この山に入って調査しないとならないな」

側にいた魔術団員になにやら指示を出すと、ハルトヴィヒは神父を見た。

「ところでこの教会は結界魔法が張られているのだな」

「はい。山にいる魔物がたまにこの近くまで来ることがあるので、万が一のために以前から張っています」

「ずいぶんと立派な結界だが、誰が張った？」

「シスターです」

「……ミナに魔法を教えたという？」

「はい」

ミナは頷いた。

「そうか、そのシスターにも話を聞きたい」

「わかりました、呼んできましょう」

「私が……」

「ミナは長旅で疲れただろう、休んでいなさい」

立ち上がろうとしたミナを制して神父は部屋から出て行った。

「ところでミナ。先日の実戦では大変だったね」

ハルトヴィヒの言葉にミナははっとして深く頭を下げた。

「あ、あの時は……ご迷惑をおかけいたしました」

「克服はできたのか？」

「……いえ……まだです」

「そうか。エーミールが君の魔法について調べたがっているのだが、先生に断られてしまってね。君の心の不安を取り除くまではダメだと」

「……そのようなことがあったのですか」

ライプニッツ先生からは聞かされていなかったミナは目を丸くした。

「ミナ。君は自身の魔法についてどこまで知っている？」

「私の魔法……ですか」

「水色の光は珍しいというのはわかる?」

「はい……」

ミナは頷いた。

「ですが……私の魔法がどう違うかというのは……わかりません」

「そうか」

「失礼いたします」

神父が戻ってきた。

「お帰りなさい、ミナ」

「シスター!」

久しぶりの声にミナは立ち上がると声の主へ駆け寄り、相手へ抱きついた。

「ただいま帰りました!」

「まあ、お客様の前で子供みたいに……」

ガタン、と大きな音が鳴り響いた。

「……アンネリーゼ……」

音と声の聞こえた方へシスターは顔を向け……その緑色の瞳を大きく見開いた。

「ハル……ト……さま……」

立ち上がったハルトヴィヒがシスターを凝視していた。

「生きていたのか……」

「ど……うして……」

「アンネリーゼ」

ハルトヴィヒはシスターの目の前に立った。

「ああ……無事で良かった……いや、良くはないな」

そう言うと突然膝《ひざ》をつき――その場にいる全員がぎょっとした。

「済まなかった……。私のせいで君には本当に酷いことをした」

「お、おやめください！　ハル……殿下！」

シスターは慌てて制しようとしたが、ハルトヴィヒはさらに頭を下げた。

「謝って許されるとは思わないが……本当に、申し訳ない」

（アンネリーゼ？　どこかで……あ！）

ミナは心の中で叫んだ。

（そうだ、ゲームの悪役令嬢だ！）

金髪緑目のシスターのその容姿は、乙女ゲームでハルトヴィヒの婚約者であり、主人公を虐める悪役令嬢によく似ていた。

（シスターが……そうだったんだ……）

魔女に魅了されていた殿下と実の兄により、貴族社会を追放された悪役令嬢が――まさかミナがお世話になっていたシスターだったとは。

「……殿下」

落ち着きを取り戻すように、シスターは深く息を吐いた。

「王族たるもの、そう簡単に頭を下げないでください」

「――私は君に頭を下げる必要がある」

「それでも、このように他の者のいる前ではおやめください」

「……そうだな」

ハルトヴィヒは立ち上がった。

「ハルトヴィヒ殿下」

しばらくの沈黙のあと、シスターは口を開いた。

「あの事件の顛末《てんまつ》と……その後の殿下たちの話はここまで伝わっています。それに関して……正直、色々と思うところはありますが。もう過去のことです」

「アンネリーゼ……」

「どうしても謝罪をしたいとおっしゃるのなら受け入れましょう。それでもう、この話は終わりです」

シスターはそう言うと首を傾げた。

「それで、私になんの御用でしょうか」

「——ああ……。この教会に張られた結界が魔術団に劣らないものだったから、術者に会いたいと思ったのだが。君ならば納得だ」

「……そうですか」

「魔法学園でも話題になっているそうだ、ミナに魔法を教えたのは何者かと。ミナの魔法は学生と思えないほどだからな」

シスターはミナへと視線を送ると、再びハルトヴィヒを見た。

「……殿下はミナのことをご存知で……？」

「水色の魔法を使う新入生がいる話は魔術団にも伝わっていてね。先日実戦に同行したが見事だった。エーミールもミナの魔力について調べたがっている」

「——」

シスターはそっとミナの腕を取るとその身体を引き寄せた。

「この子は私にとって妹のようなもの。あの方の研究対象にはさせられません」

「研究対象……？」

「いい？　ミナ。エーミール様に関わってはダメよ、あの方は魔法のことになるとおかしくなるから」

シスターの真剣な眼差しに、ミナはこくりと頷いた。

「アンネリーゼ。君はミナの魔法が他の者と異なることを知っているのか」

「――特別かどうかはわかりませんが。ミナの魔法はとても純粋でいいものだとは思いますわ」

シスターはそう言ってミナを見た。

「大切に育てたこの子を潰すようなことはして欲しくはありません」

「……わかった。善処する」

「善処ではなく約束してください」

「……ああ、わかった。私の名にかけて約束しよう。――そういう所は相変わらずなんだな、安心したよ」

どこか嬉しそうにハルトヴィヒは言った。

孤児院の子供たちとも再会し、お土産《みやげ》を渡して一緒に夕食を取り、ミナは久しぶりの団欒《だんらん》を堪能した。

ミナの帰省は子供たちにとっても嬉しいもので、眠りたがらない彼らをなんとか寝かしつけるとミナは寝室を出た。

用意された教会の客室へと向かおうとしてミナはふと足を止めた。教会と孤児院をつなぐ通路の脇は小さな庭になっている。そのベンチにシスターが腰かけていた。

「……ミナ」

気配に気づいたシスターに促されてミナは隣へと腰を下ろした。

「ミナは……侯爵家の出身だったわね」

シスターが言った。

「……はい」

「私もね……公爵家に生まれて、家柄と年頃がちょうどいいという理由で、ハルトヴィヒ殿下の婚約者になったの。そしてどうなったかは知っているでしょう」

「――はい」

「もう……あの時のことなんて終わったと思っていたのにね」

シスターは星空を見上げた。

「殿下とお会いしたら……色々と思い出してしまったわ」

「シスターは……」

綺麗な横顔を見つめながらミナは口を開いた。

「恨《うら》んでいますか？　そのことを」

「――追放された当時はね」

シスターは視線を落とした。

「でもあれは……私にも非があったことだから。嫉妬に目が眩んで……色々やらかしていたわ」

「そうなんですか……」

ミナは前世でやっていたゲームや、小説を通しての悪役令嬢アンネリーゼのことは知っている。けれど、あの熾烈《しれつ》なアンネリーゼと、ミナが知る優しいシスターが同一人物とは思いにくかった。

「あの頃の私は……なにも知らない箱入り娘だったの」

そんなミナの心情を察したのかシスターは言った。

「追放されて、色々と辛い思いもして……それから、人の優しさを知ったわ」

「優しさ……」

「私が身を寄せた教会の人たちは、貴族の娘として育ってきた、なにもわからなかった私に生きていくのに必要なことを教えてくれて、親切にしてくれたわ。だから私も彼らへ恩を返すつもりでシスターになったの」

シスターがこの孤児院に来たのは三年以上前、ミナが魔法に目覚める少し前。それまでいたシスターが年齢を理由に引退し、その代わりにやってきたのだ。

その美しさにお姫様が来たと皆騒めきたったが、まさか公爵令嬢で王太子の婚約者だったという、本当のお姫様だったとは。

「……そうだったのか」

ふいに声が聞こえて、ミナとシスターが顔を向けるとハルトヴィヒが立っていた。明日の朝から森で調査を行うため、魔術団も教会に宿泊することになったのだ。

「ハル……殿下」

「――私も、あの件で色々と学んだよ」

ハルトヴィヒはそう言いながらシスターの側へと来た。

「いかに自分が幼稚で愚《おろ》かだったのか、つくづく思い知らされた」

「……そうでしたか」

「君にもよく言われていたのにな、もっと王太子としての自覚を持つようにと。だが私は……魅了されていたとはいえ、それを煩《わずら》わしく思い、君の言葉に耳を傾けようとしなかった。……結果、取り返しのつかないことになってしまった」

ハルトヴィヒは自嘲するような笑みを浮かべた。

「若気の至《いた》りだったと言えるような立場でないことすら……多くの犠牲を払わないと分からなかった」

「殿下……」

「その償《つぐな》いを終えるまでは余計なことを考えるまいと、戒《いまし》めていたんだけどね」

ハルトヴィヒはふと目を細めた。

「君が生きていたことに安堵していると共に……君があの頃よりもさらに綺麗になったことに、少し後悔しているんだ」

「……は？」

（これは……お邪魔虫ってやつかしら）

顔を赤らめたシスターと、そんなシスターを嬉しそうに見つめるハルトヴィヒの間になにやら甘い空気が流れはじめたのを感じてミナは思った。

「私はそろそろ……」

小声で呟き、そっと立ち上がろうとしたミナの腕をシスターが摑んだ。

「ミナ、どこへ行くの」

「どこって……部屋に戻ろうかと」

「殿下と二人きりにするつもり⁉」

「……久しぶりの再会なのですから、二人でゆっくりお話を……」

「する話なんてないわよ」

「ミナ、戻るのか」

二人でこそこそ話をしているとハルトヴィヒが声をかけた。

「はい」

「せっかくだから君も明日の調査に行くかい」

「え？」

「――殿下」

シスターはハルトヴィヒを睨みつけた。

「ミナはまだ学生、そのような危険な仕事に付き合わせないでください」

「明日は調査の下準備だから危険なことはない。ミナもいい勉強になるだろう？」

「……あの、申し訳ありません」

ハルトヴィヒの申し出に心惹かれるものはあるが、ミナは目を伏せた。

「ネズミの件を克服するまでは実戦に参加できないと先生に言われていますので」

「ああ、そうなのか」

「ネズミの件？」

首を傾げたシスターに、ミナは先日の実戦の件を説明した。その流れでハルトヴィヒにもミナの素性を知られてしまったが……すでにアルフォンスには知られているのだから、彼にまで伝わるのも時間の問題だっただろう。

「ミナが宰相の娘だったとは……」

「……ネズミが苦手なのは知っていたけれど、そんなことが起きるなんて」

シスターはミナの手を握りしめた。

「ごめんなさい、私が気づいてあげていれば良かったわ」

「いえ、謝らないでください」

ミナは首を振った。

「私がもっと……心を強く持たなければならないのですから」

「しかし、ミナが克服するにはやはり家族に会わないとならないだろうな」

ハルトヴィヒの言葉にミナの肩がぴくりと震えた。

「……はい」

「でも大丈夫なの？　ミナ」

シスターはミナの肩に手を乗せた。

「──家族と会わなければならないというのは、わかっています」

ミナは言った。

「でも……会っても……どうしたらいいか……」

家族は後悔していると、兄は言ったという。だがそれで謝られたとして、自分がそれを受け入れられるのか。家族の顔を見てどんな気持ちになるのか。想像もできなかった。

「そうね……ミナは、自分の心を正直にぶつければいいと思うわ」

「正直に……」

「ミナがどれだけ寂しい思いをしていたのか、辛かったのか。心の中にある気持ちを全部家族の前で吐き出すの。泣いても怒鳴ってもいいのよ、だってミナはなにも悪くないのだもの」

シスターはミナをそっと抱きしめた。

「家族を許せなくてもいいの。魔術師になれなくても大丈夫、上手くいかなかったらいつでも帰っていらっしゃい。ここがミナの家なんだから」

「……シスター……」

「私と神父様、子供たちがミナの家族よ」

「……ありがとうございます」

涙が出そうになるのを堪えるように、ミナはぎゅっとシスターに抱きついた。

「――アンネリーゼ」

二人を見つめていたハルトヴィヒが口を開いた。

「君は……公爵やディートヘルムが謝罪したいと言ったらどうする？」

シスターはミナの身体を離すとハルトヴィヒへと向いた。

「あの二人も君を探しているんだ」

「――私がここにいることは他の方には言わないで欲しいのです。もちろん私の家族にもです」

少し考えてシスターは答えた。

「謝罪は受けたくないと？」

「いいえ。アンネリーゼ・トラウトナーという人間はもういないということです」

シスターはハルトヴィヒを見据えた。

「今の私は女神に仕える身。もう貴族社会とは関係ありません」

「……そうか」

ハルトヴィヒは少し寂しげな表情を見せた。

「分かった……だがなにか困ったことがあったら言ってくれ。手助けになりたい」

「ありがとうございます。それでは、ミナをよろしくお願いいたします」

そう言ってシスターは微笑んだ。


(帰ってきてよかった)

孤児院の子供たちがずっと手を振り続けてくれていたのを見届けて、ミナは馬車の背もたれに身体を預けた。

この孤児院での十日間はとても充実していた。シスター、そしてハルトヴィヒともたくさんの話をした。過去のこと、家族のこと、そして魔物のこと。母親への感情を時に泣きながらシスターに吐き出したことで、心が軽くなったように思えた。

またネズミに慣れるようにと、子供たちも協力してくれてたくさん集めてきてくれた。何匹ものネズミに対峙することはとても恐ろしかったが……パニックに陥ることはなくなったように思う。

そうして、先に戻るハルトヴィヒに家族に会う覚悟ができたことを伝えてミナの帰省は終わったのだ。

◆第四章　女神の神託

「はあ……」

馬車に乗って何度目かのため息をつくと、向かいに座ったフランツィスカが笑みを浮かべた。

「そんなに家族に会うのが不安？　それとも嫌？」

「――それもあるけれど……」

ミナはもう一度ため息をついた。

「どうして……王宮なのかしら」

王都へ戻ってくると、なぜか家族と王宮で面会することが決まっていた。おそらくハルトヴィヒが根回ししたのだろうけれど、ただでさえ家族と会うのに緊張するのに、王宮に行かないとならないなんて。

「そうねえ……」

一人では不安だろうからと同行してくれることになったフランツィスカは、ミナの姿を一瞥《いちべつ》した。

「やっぱり、ドレスの方が良かったかしら」

ミナは学園の制服を着ていた。ドレスを用意しようとフランツィスカに言われたけれど、これでいいと拒んだのだ。

家族に会うとは言ったけれど、家に戻るかはまた別の問題だ。たとえ和解したとしても、ミナは侯爵家には戻らずこのまま平民として魔術師になるつもりであり、自分は貴族ではないという意思表示の意味を込めて制服を選んだのだ。

フランツィスカは王宮に上がるのだからとドレスとアクセサリーで綺麗に着飾っている。こうして盛装したフランツィスカは、立派な貴族令嬢だ。

「制服だって正装なのでしょう」

ミナはこれより立派な服を持っていない。儀式用のマントも羽織ったし、問題はないはずだ。

「そうなんだけど……陛下に謁見《えっけん》するかもしれないでしょう」

「謁見……⁉」

ミナは目を見開いた。

「どうして⁉」

「だってわざわざ王宮で会うのよ」

「それは……ハルトヴィヒ殿下が仲介してくれたから……」

「それにね、父と兄が言っていたんだけれど」

馬車の中には二人しかいないのに、フランツィスカは声をひそめた。

「もしかしたら、陛下はミナとアルフォンス殿下を婚約させるつもりなのかもって」

「は……？」

ミナはポカンと口を開いた。

「な、なんで……⁉」

「アルフォンス殿下はこれまでずっと婚約者を作ることを拒み続けていたの。だから高位貴族で殿下に釣り合いそうな令嬢には皆婚約者がいて、殿下の相手を探すのに苦労しているんですって」

そこに現れたのがミナだ。宰相でもある侯爵家の娘、アルフォンスと同じ年齢。条件的には申し分ない。

「でも……私平民育ちで貴族の作法とか知らないし……！」

「平民からお妃になった例もあるわ。作法だってこれから覚えればいいわよ」

「私は魔術師になるから……！」

「魔術に夢中な殿下にはぴったりだと思うわ」

フランツィスカはにっこりと笑った。

フランツィスカの声に応えるように馬車が止まった。

「まあ、もしかしたらだから。ああ着いたみたいね」

らに平民感覚が強くなったミナにはハードルが高すぎた。

いやそれ以前に、王子と婚約など……八年間平民として過ごし、前世の記憶を思い出したせいでさ
婚約などしたら小説と同じになってしまうのではないだろうか。

「そういう問題じゃなくて……」

「ミナは殿下のことが嫌なの？」

「そんな……」


王宮へ着いた二人はまず控えの間へと案内された。

出された香りの良いお茶を飲みながらしばらく休息していると扉が開き、アルフォンスとフリードリヒが入って来た。

「ミナ、彼は私の侍従でフランツィスカの兄のフリードリヒだ」

「初めまして、フリードリヒ・バウムガルトです。噂《うわさ》どおりの可愛いお嬢様ですね」

アルフォンスに紹介されたフリードリヒはミナに向かって笑顔を向けた。

「初めまして……ミナと申します」

可愛いという言葉になにか含むものを感じながら、ミナはマントの裾をつまむと腰を落として挨拶をした。孤児院でシスターに貴族令嬢としての振る舞いを教えられていたのだ。

「ミナ、君の家族はすでに揃っているよ」

ピクリと肩を震わせたミナに、アルフォンスは手を差し出した。

「え……あの」

「ミナ、こういう時にはエスコートしてもらうのよ」

そう言うと、フランツィスカは自らに差し出されたフリードリヒの手に自分の手を乗せた。それを真似してミナがアルフォンスに手を重ねると、四人は控えの間を出た。

連れてこられたのは重厚な扉の前だった。

「ここは王が私的に謁見する部屋だ。ミナ、父上も同席したいと言っているんだけれどあまり気負わずにね」

「え？　あ……はい……」

アルフォンスの父上といえば当然国王陛下だ。気負わずと言われても無理な話だ。触れた手から緊張が伝わったのだろう、アルフォンスは勇気づけるようにミナの手をそっと握った。

（やっぱり……王子様なんだなあ）

紳士的な振る舞いに感心してしまう。

制服姿のアルフォンスしか見たことがなかったが、今日のアルフォンスはスカーフを緩く巻き、刺繍の入った白シャツにやはり刺繍の施されたベストを着用しており、いかにも王子様然とした装いだ。

（恰好いいけど……間近で接するのは心臓に悪い……）

馬車の中でフランツィスカに言われたことを思い出して、心拍数が上がってしまう。

「そんなに緊張しないで、皆付いているから」

それを家族に会うせいだと思ったのだろう、アルフォンスは覗き込むようにミナに顔を近づけると微笑んだ。知らずミナの顔が赤くなってしまう。

「……あの殿下が。彼女にはずいぶんと距離が近いんだな」

「そうね……そういえばミナには自分から触れているかも」

そんな二人を兄妹は生暖かい目で見守っていた。


扉の向こうは豪華な調度品が並んだ、重厚な雰囲気の漂う部屋だった。

立派な椅子《いす》が並べられたその中央、一際大きな椅子に男性が座っている。威厳のある雰囲気を纏うその人が国王なのだろう。その隣にはハルトヴィヒが座っており、ミナと視線が合うと笑みを向けた。

「ヴィルヘルミーナ……！」

記憶に残る女性の声に、ミナの身体がびくんと大きく震えた。

三人の人物が立っていた。

中年の男女に若い男性。ミナの記憶にあるより歳を重ねたその顔は、忘れようとしても記憶から消えない顔だった。

「ヴィルヘルミーナ……」

駆け寄ろうとした女性に、ミナは反射的にアルフォンスへしがみついた。覚悟を決めたつもりだった。けれど実際にその姿を目にし、声を聞くと……あの頃の恐怖が蘇ってくる。

「ミナ」

身体を震わせるミナの肩に手を乗せると、アルフォンスは女性を見た。

「夫人。ミナが怯えている、近づかないでもらえるか」

「……あ……」

ミナの様子に女性は息を呑んだ。

「申し訳……ございません」

男性が女性の肩を抱くと、二人はとても苦しげな表情でミナを見つめた。

長い沈黙が続いた。

「……ヴィルヘルミーナ……」

やがて男性――フォルマー侯爵が口を開いた。

「無事で……生きていて良かった」

侯爵は深く息を吐いた。

「言い訳など見苦しいだけだが……あの頃の我々はどうかしていた。お前が馬車と共に崖から落ちたと聞いた瞬間……激しい後悔に襲われた。私はこれまで……なにをしていたのかと。たとえ髪色が違っていても……お前の顔は、確かにフォルマー家の血を受け継いでいると示していたのに」

ミナは一度も父親らしいことをされたことがなかった。

抱き上げられることも、頭を撫でられることも……名前を呼ばれることすらなかった。まるでミナがいないかのように、侯爵は振る舞い続けていたのだ。

そうして母親がミナに接する時は、怒鳴りつけるか手を上げる時だった。ミナはいつも母親の影に怯え、その目に触れないよう過ごしていた。

ただ兄だけがミナを気遣おうとした。だが、一度ミナに話しかけようとしたのを見た母親が今度は兄を怒鳴りつけたため、ミナは兄を避けるようになったのだ。その兄アルトゥールは、悲しそうな顔でミナを見つめていた。

「許せとは言えないが……本当にすまなかった」

妻の肩を抱いたまま、侯爵は深く頭を下げた。

（なんだろう……なにか……）

久しぶりの家族との再会に、あの頃の悲しさや辛さ、恐怖心が込み上げる一方で、ミナの頭の中は冷静に父親の言葉を聞いていた。

(引っかかるというか……？)

その言葉に、違和感を覚えるのだ。ミナがいなくなった途端に生じた変化。それがなにかと似ているようで……知っているようで思い出せなかった。

「ハルトヴィヒ」

国王陛下が隣の息子へと声を掛けた。

「お前は今の宰相の言葉を聞いてどう思った」

「――は……まるで自分のことのようだと」

ハルトヴィヒはそう答えた。

「私があの件で……アンネリーゼを追放した時も同じでした。それまで彼女を放逐することが正義だと思っていたのに……彼女が消えた途端、まるで目が覚めたかのように、私は一体なにをしたのかと呆然としました」

「それが魔女の存在に気づくきっかけだったな」

そう言うと、国王は一同を見渡した。

(え？　それって……)

「父上。それは……兄上たちのようにフォルマー家の者たちも魅了魔法にかかっていたと？」

「魅了魔法とはまた別であろうがな」

アルフォンスの問いに答えると、国王はミナを見た。

「実は今回の話を聞いた時に思い当たったことがあってな。――入れ」

声と共にミナたちが入ってきたのとは別の扉が開くと、二人の男性が入ってきた。一人はエーミール、そしてもう一人はローブに身を包んだ年配の男性だ。

「ヴィルヘルミーナ嬢。私は司祭長を務めるジークムントだ」

年配の男性がミナの前へと立った。

(司祭長……って教会で一番偉い人!?)

「は、はじめまして……ミナです」

「少しよろしいですかな」

司祭長は慌てて頭を下げようとしたミナの額へと手をかざした。

「痛いかもしれないが我慢してくだされ」

「え……」

司祭長の手がわずかに光ると、バチッと静電気が走ったような衝撃が走った。

「っ……」

「ミナ!」

思わずよろめいたミナの身体をアルフォンスが支えた。

「ふむ……これは……」

「どうだ司祭長」

「――予想どおりですな陛下」

司祭長は国王へと振り返った。

「ヴィルヘルミーナ嬢には呪いのようなものがかけられておる」

「呪い……!?」

思いがけない言葉に一同が騒つき、ミナは目を見開いた。

「おそらく髪色が黒いのもそのせいであろう」

「司祭長……それはどういうことですか！」

侯爵が声を上げた。

（……呪い？　私に？）

そんなこと、小説にはなかったはずだ。

（あれ？　でもヴィルヘルミーナは魔女と……なにかあった……ような）

とても重要なことのはずなのに、思い出せないのだ――小説の中のミナが具体的になにをしたのか。

「それと司祭長。例の件はどうだ」

「は。やはりその可能性が高いでしょう」

「そうか」

頷くと国王は立ち上がり、一同を見渡した。

「これは私と司祭長しか知らないことだが。アルフォンスが生まれた時に女神からの神託が降りた」

国王の言葉に再び騒めきが広がった。

このブルーメンタール王国は、女神が守護する国である。女神は穏やかな気候と大地の恵みをもたらし、人間が魔法を使えるのも女神の加護によるものだとされている。

そして女神の神託には二種類ある。

一つは教会へ行き、司祭を通して女神へ伺いを立て神託を『授かる』もの。もう一つは特別なことが起きるような時、女神の意志により『降りる』ものだ。

「その神託とは……？」

「『古の邪な力によりやがて国難に陥る。だが光の王子と空の乙女がそれを救うであろう』」

司祭長が言った。

「邪な力とは魔女のことであろう。あれの呪いにより確かに災難がもたらされた。そして光の王子とはその時に生まれた、光魔法を持つアルフォンスのことというのはわかったが——空の乙女が何者なのか、ずっとわからなかった」

一同を見渡して、国王は最後にミナを見た。

「だが最近、水色の魔力と瞳を持つ娘がいるとの話を聞き、もしやと調べさせようとした時に宰相の娘であることがわかった。だがこれまで宰相に娘がいるなど聞いたことがなかったからな、話を聞き——どうやらハルトヴィヒの時と同じ状況ではないかと、この場を設けたのだ」

(空の乙女……?)

ミナは心の中で首をひねった。

初めて聞く言葉だった。

小説の中ではアルフォンスと共に国を救うのは『聖女』で、そのような名前で呼ばれることはなかったように思う。

(いやそもそも……本当にそれは私のことなの?)

国を救うのはヒロインで、ミナはそれを邪魔する悪役令嬢になるはずだ。確かにミナの魔法や瞳の色は、空の色と言われればそうだけれど……。

「父上。女神の神託などという重要なことをなぜ黙っていたのですか」

ハルトヴィヒが尋ねた。

「余計な混乱を避けるためだ。国難に陥るなど、民に知られればどうなるかわかるであろう」

「それに神託に乗じて反乱を起こそうとしたり、『空の乙女』の偽者を担ごうとする者が現れることもあろうからな。王家への神託はそう容易く明かせぬものだ」

「――それで陛下……」

「ですが……」

侯爵が口を開いた。

「ヴィルヘルミーナがその『空の乙女』であると？」

「娘の瞳と魔力は空の色、それにその魔法はアルフォンスの光魔法に似た気を持つとの報告も受けている」

国王は司祭長のうしろに控えるエーミールに視線を送った。

「神託が降りた時、つまりアルフォンス殿下が生まれた前後にいくつかの異変が起きていることを確認しています」

エーミールが言った。

「ただの平民であった魔女マリーの変化、各地で一時的に魔物が増えたり大きな地震が起きたとの記録もあります。そしてミナが生まれたのも殿下と同じ日ですね」

「……ああ、そうであったな。あの日はこれまで見たことのないほどの大きな虹がかかっていた」

「さよう。神託が降りたすぐあとに虹がかかり……アルフォンス殿下が生まれたのだ」

侯爵の言葉に司祭長が頷いた。

「……ああ――思い出したわ……」

侯爵夫人が声を上げた。

「カサンドラ？」

「あの時……声が聞こえたの」

「声？」

「『我が望みを妨げる忌《い》まわしい魂をこの娘の中に封じる。魂を生《い》かすな、弱らせろ』と……そうよ……ずっとその声が響いて……この娘は呪われた娘だ……憎めと……」

夫人は床へと崩れ落ちた。

「ヴィルヘルミーナが生まれてから……ずっと頭の中に響いて……それで私は――」

「カサンドラ」

侯爵が夫人の体を抱きしめた。

「我が望み……？」

「魂を封じる？」

「……それが呪いか？」

「どういうことだ」

「侯爵夫人。その声は女の声でしたか」

エーミールが尋ねた。

「……女性でしたけれど……低くて……恐ろしくて……」

「――つまり……魔女が将来邪魔になるミナに呪いをかけ、家族に害させるようにしたと……？」

アルフォンスが言った。

「そう推測できますね」

エーミールが答えた。

「断言するには早いですが。そもそも魔女とはなんなのかがわかっていないのですよ」

(魔女……)

魔女とはなんだったろうか。

(ああもう……確かに小説にそのこともあったはずなのに)

どうして思い出せないのだろう。記憶を辿ろうとしても、黒いモヤがかかったように見えなくなるのだ。

自分は本当に『空の乙女』なのか。国難を救う、そんな力が本当にあるのか。

(どういうことなの……? 私はヒロインじゃないのに……)

しかも呪われているというこの身体は、自分は一体――。

「ミナ」

目の前が暗くなりそうになったミナの肩に手が触れた。

「大丈夫か。顔色が悪い」

アルフォンスが心配そうにミナの顔を覗き込んだ。

「は……はい……」

「突然の話で戸惑わせたか。ひとまずここまでにするとしよう。――ところでアルフォンス」

国王はアルフォンスを見た。

「お前たち二人はどういう関係だ?」

「は?」

「ずいぶんと親しげに見えるが」

ミナの肩に手を乗せたままのアルフォンスを見て、国王は口角を上げた。

「……級友として、パーティのリーダーとして親しくしています」

「それだけか？　フランツィスカ嬢は同じクラスだったな」

国王は端に控《ひか》えていたフランツィスカへと視線を送った。

「はい。そうですね、殿下はミナのことをとても気にかけていらっしゃいますわ」

にっこりと笑顔でフランツィスカは答えた。

「そうか。どうだ宰相、二人は神託で定められた身で歳も同じ。ちょうど良いであろう」

「は……え、まさか陛下……」

「アルフォンスと釣り合う令嬢がいれば直ぐにでも婚約させたいとお前も言っていたであろう」

（……え……本当に……？）

ミナは馬車の中でフランツィスカに言われた話を思い出した。

「――父上」

強張《こわば》るミナの隣でアルフォンスがため息をついた。

「その件に関しては、今はそれどころではないと何度も言っているはずです。それに兄上を差し置いては……」

「私もお前にはミナがいいと思うぞ」

ハルトヴィヒが口を開いた。

「それに私には心に決めた相手がいるからな、順序など気にしなくていい」

「え？」

「殿下⁉」

ハルトヴィヒの言葉にどよめきが広がった。

「殿下！　それはどなたですか……！」

「まだ言えない。――今の私では彼女に認めて貰えないからな」

ハルトヴィヒはミナと視線を合わせて微笑んだ。

「ミナ。君が妹になってくれたら嬉しいよ」

「……はあ」

それはハルトヴィヒの『心に決めた人』がミナを妹のように可愛がっているからだろう。

教会に滞在中、毎晩シスターとハルトヴィヒが会っていたのをミナは知っている。そしてハルトヴィヒが帰る前日にシスターを抱きしめていたことも。

帰り際、振られたとハルトヴィヒは言っていたが……シスターが時折ぼんやりとしていたり顔を赤らめたりしていたのを見ると、二人が復縁する日が来るのかもしれない。そうすればシスターにとっての妹は、ハルトヴィヒにとっての妹にもなる。

その言葉に含まれる意味を知るミナは、思わずじと目でハルトヴィヒを見てしまった。


ミナたちは控えの間へと戻ってきた。

「お疲れでしょう」

フリードリヒが紅茶を差し出した。

「……ありがとうございます」

温かくて香りの良いお茶を飲むと、ミナはほうと息を吐いた。

「色々重い話が多かったけれど」

やはりお茶を飲んで息をついたフランツィスカが言った。

「女神の神託なんて、私が聞いても良かったのかしら」

「いいんじゃないのか。フランツィスカはフォルマー家に嫁ぐのだから、身内のようなものなのだし」

「それにしても……ミナに呪いだなんて」

フランツィスカはミナをじっと見つめた。

「どこか具合が悪いとかはないの？」

「いいえ……なにも」

ミナは首を振った。呪われていると言われても、実感はなにもないのだ。

「それで殿下。婚約の話はどうするのですか」

フリードリヒはアルフォンスに尋ねた。

「……だからその話は」

「宰相家のご令嬢なんて引く手数多《あまた》ですよ」

そう言ってフリードリヒはミナを見た。

「ヴィルヘルミーナ嬢の存在が公になれば、婚姻希望者が殺到するでしょうね」

「そうね。家柄は申し分ないし見目も良いし。学園でもミナの人気は高いのよ、平民でもいいからお嫁に欲しいって声も聞いたことがあるもの」

「え……」

ミナは絶句した。自分がそのような対象になるなど、考えたこともなかったのだ。

「だそうですよ、殿下。早くしないと他の者に取られますね」

フリードリヒの言葉に、アルフォンスはミナを見た。黒い瞳がじっとミナを見つめる。

「……私は——」

その時ドアをノックする音が響いた。

「ヴィルヘルミーナ嬢」

応対に出たフリードリヒが戻ってきた。

「アルトゥールが会いたいと言っていますが。どうします？」

「……はい……お願いします」

ミナは戸惑ったように視線を彷徨わせたが、やがて頷いた。

「ミーナ」

部屋へと入ってきたアルトゥールはミナの前へと立った。

「……お兄様」

「ミーナ……無事で良かった」

アルトゥールはほっとしたような顔を見せた。

「……いい人たちに恵まれていたんだね」

そっとミナの頬へと手が伸びる。

「家にいた頃はいつも怯えた顔をしていたけれど……今のミーナは、とてもいい目をしている」

「……お兄様……」

「ごめんねミーナ……家族らしいことをなにもしてあげられなくて」

水色の瞳が大きく見開かれると、大粒の滴が頬を伝った。

「わ……たし……みんなで……一緒に……ごはん、食べたかったの」

「ミーナ……」

「ずっと……寂しかったの。お父様に……名前、呼んで欲しかった。お母様に……抱きしめて欲しかったの」

それは家族ならば手に入るのが当然であるべきものなのに。ミナには一度も与えられることがなかったのだ。

前世でも――そして今世でも。

「……お兄様と……遊んでみたかったの」

生まれてから一度も子供らしいことができなかった八年間の寂しさは、その後共に暮らした養父母や孤児院の人たちからの愛情だけでは満たされないものだった。

「ミーナ……！」

アルトゥールはミナを抱きすくめた。

「ごめん……ごめんねミーナ」

「……お兄様――」

大粒の涙をこぼしながらミナは兄に縋りついた。

（またやってしまった……）

実戦の時に号泣して意識をなくしてしまうという、情けないことをやらかしたのに。また人前で号泣してしまうなんて。

アルフォンスたちは自分をどんな顔で見ているのだろう。それを考えるとフリードリヒから渡されたタオルに埋めた顔を上げられないミナの頭を、アルトゥールがずっと撫でている。ようやく触れてもらえた肉親の温もりは嬉しいけれど……人前ではさすがに恥ずかしい。

意を決してミナは顔を上げた。

「落ち着いた？　ミナ」

フランツィスカが声をかけた。

「……はい……すみません……」

「目が赤くなってしまったね」

アルトゥールがミナの顔を覗き込んだ。

「冷やしたら治るかな」

「あ……これは、自分で治します」

ミナの身体が一瞬淡い光に包まれた。実戦で泣いた翌日も、こうやって目の腫れを治したのだ。

「……これがミーナの魔法なんだね」

アルトゥールは目を細めた。

「確かに空の色だ」

「綺麗な色ですね」

フリードリヒも頷く。

「――ミーナ。家に戻ってくる気はある？」

兄の言葉にミナは視線を落とした。

「……それは……」

「今日ここに来る前は、ミーナの望みどおりにしようと父上と話していたんだ。私たちにミーナを束縛する資格はないからね。だけど先刻の神託の話を受けて陛下と話をしたんだけど、本当にミーナが『空の乙女』ならば、この国にとってとても重要な人物として強力な後ろ盾が必要なんだ」

「後ろ盾……？」

「神託のことは秘密だけれど、誰かに知られてしまうかもしれない。そうなればミーナを手に入れようとしたり、利用しようと目論む者が出てくる。それはわかる?」

「……はい」

「平民のミナを貴族が手に入れるのは簡単だ。けれど宰相でもあるフォルマー侯爵家の娘ならばそう簡単に手が出せない。これもわかるね?」

「——はい」

ミナは頷いた。平民として生きていたから、貴族との力の差はよくわかっている。

「だからミーナの安全のためにも、家に帰ってきて欲しいんだ」

ミナも王宮に来るまでは、この先も平民として生きていくつもりだったが、ミナがこの国の危機を救うという『空の乙女』である可能性がある以上、今の身分では危険だというのはわかる。けれど……。

「私は……まだ、お母様が怖いです」

ミナは手を握りしめた。

「覚えているんです……お母様が……」

暴言のこと、手を上げられたこと。母親の声を聞き、その顔を見た瞬間、あの頃の恐怖が蘇ってしまった。あの言動が呪いのせいだったとしても……それですぐに忘れられるものでもない。

「そうか……そうだな」

「——だがミナ」

アルフォンスが口を開いた。

「その母親への恐怖心を克服しないと魔術師にはなれないのだろう」

はっとしてミナは顔を上げた。

「それには母親と向き合わなければならないのではないのか？」

「……そう……ですね」

「辛いだろうけれど、向き合っていかなければ」

「……はい」

「殿下。あまり妹を追い詰めないでもらえますか」

アルトゥールは眉をひそめた。

「私はミナのためを思って言ったのだが」

「ですが……」

「お兄様」

ミナはアルトゥールを見た。

「殿下の言うとおりです……。そもそも私はそれを克服するために家族と会おうと決めたんです。だから……」

決意するようにもう一度手を握りしめる。

「克服できるよう頑張ります。家にも……お世話にはなります。ですが、私がフォルマー家の娘であることを明かすのは……まだ待ってもらえますか」

身の安全を考えれば侯爵家に戻るのがいいと、わかっているけれど。まだ心が追いついていかないのだ。

「……そうか、わかった」

アルトゥールはミナの頭を撫でた。

「ミーナの望むように。どんな形でも私たちは全力でミーナを守るからね」

「ありがとうございます、お兄様」

兄を見つめてミナは微笑んだ。

「失礼いたします」

ドアがノックされると数人の侍女が入ってきた。

「ヴィルヘルミーナ様、お着替えがございますのでご移動願えますか」

「……着替え？」

唐突な言葉にミナは目を丸くした。

「ああ、そうだった。陛下が晩餐《ばんさん》を共にしたいと言っていたんだ」

アルトゥールが思い出したように言った。

「せっかくだから着替えておいで」

「え……？」

(晩餐……って夕飯を一緒に食べるってこと？　着替えって⁉)

「さあヴィルヘルミーナ様」

侍女の一人がミナの腕を取って立ち上がらせた。

「え……あの⁉」

「ミナ、あとで様子を見にいくわ。綺麗にしてもらってきて」

フランツィスカの声を背にミナは部屋から連れ出されていった。


「――本当にミーナが無事で良かった」

ミナを見送って、アルトゥールは振り返った。

「ところで殿下。お聞きしたいことがあるのですが」

「なんだ」

「妹のことをどうお思いで？」

「どうとは」

「陛下が言っていたではないですか、婚約させたらどうかと」

「……またその話か」

アルフォンスはため息をついた。

「今はまだ婚約者を作るつもりはない」

「では、婚約のことは別にして。どう思っているんです？」

アルトゥールはじっとアルフォンスを見据えた。

「……どうもミーナに対して距離が近すぎる気がするのですが」

「そうか？」

「無闇に触れるのはやめていただきたいですね」

「そんなに触れていたか？」

「自覚がないのですか」

「あー、アルトゥール、落ち着け」

フリードリヒが口を挟んだ隣でフランツィスカが小さく吹き出した。

「……フラン」

「だって……アルトゥール様のそんな顔、初めて見ましたもの」

笑いを堪えながらフランツィスカは言った。

「そんな顔?」

「アルトゥール様って、いつも穏やかでお優しいのに。ミナのことだと殿下に噛みつくのですね」

「……離れていた妹に悪い虫が付いていないか心配するのは当然だろう」

「殿下は悪い虫なのか」

「アルトゥール様は、ミナの相手が殿下では不満なんですの?」

「ミーナに良くない影響を与えるのならば、殿下であろうとそれは悪い虫だな」

「……お前、面倒くさい小舅《こじゅうと》だったんだな」

「それで、どうなのです」

呆れ顔のフリードリヒを横目に、アルトゥールは再度アルフォンスに尋ねた。

「——ミナは……そうだな」

アルフォンスは口を開いた。

「気がつくと、視界に入っているんだ」

「視界に?」

「ああ、あの黒髪が目立つからか……。それから……彼女が側にいると、心が穏やかになるな」

「……それは黒髪が目立つのではなくて目で追っているからでは……」

「ホント、鈍すぎて無自覚なんですのね」

兄妹は小声で囁《ささや》き合った。

「——そうですか」

アルトゥールは頷いた。

「ミーナの今後については本人の幸せを最優先に考えたいので。殿下のことも選択肢の一つとして考えておきます」

「殿下以外に釣り合いそうな者などいるのか？」

フリードリヒは首を傾げた。

「それは探せばいるだろう。例えばアーベントロート侯爵家とかな」

「魔術団長の息子？」

「ミーナの魔法は特殊なのだろう？　魔法に明るいアーベントロート家ならば頼りになる」

「……その考えもあるのか……」

「アーベントロート……エドモント？」

アルフォンスが口を開いた。

「だが……彼はミナのことは……」

「ああ、それもありかもしれませんわ」

フランツィスカは一同を見渡した。

「エドモント様、最初はミナに反発していましたけれど、最近は同じ後衛として上手くやっているようですし……それに」

アルフォンスに視線を止めると口角を上げる。

「時々、ミナのことを見つめているんですよね。あれは好意がある目ですわ」

「エドモントが……ミナに？」

「ああ、それは強力なライバルですね殿下」

目を見開いたアルフォンスを横目で見ると、フリードリヒは妹に向いた。

「それで、ヴィルヘルミーナ嬢は誰か好きな人がいるのか？」

その言葉にアルトゥールがぴくりと反応した。

「特にいないと思いますわ。彼女は勉強第一でそういうことまで気が回っていないようなので。ご安心ください、アルトゥール様」

笑顔でフランツィスカはそう言った。


「お前は神託のことを知っていたのか」

ハルトヴィヒは自身の執務室に戻るとエーミールに尋ねた。

「最近司祭長から呼び出しを受け、水色の魔法を持つ娘について内密に調べたいと言われまして……。その時に聞きました」

エーミールは魔物討伐よりも研究が得意であり、その知識は教会からも一目置かれている。魔女に魅了された他の者たちが表舞台から消えた中、彼が魔術団の中で高い地位と権限を持つのもその能力のおかげだ。

「それよりも殿下」

エーミールはハルトヴィヒに向いた。

「アンネリーゼ嬢が見つかったのですか」

「……なぜそう思う」

「貴方が心に決めた相手など、一人しか考えられませんからね」

「――先日調査に行った先の教会にいたんだ」

ハルトヴィヒは思い出すように視線を宙へ向けた。

「驚いたよ。彼女がミナに魔法を教えたシスターだった」

「ミナに？」

ハルトヴィヒは調査先でのことをエーミールに説明した。

「なるほど……それなら納得ですね」

エーミールは頷いた。

「アンネリーゼ嬢はとても優秀でしたから」

「……お前たちはいつも成績争いをしていたな」

「筆記では一度も勝てませんでしたね」

アンネリーゼは公爵令嬢でありながら、魔法に秀で、魔物を前にしても恐れることがなかった。その知識はエーミールに匹敵するかそれ以上で、王妃になるよりも魔術師になって欲しいと当時の魔術局から熱望されるほどだった。

「それで殿下。公爵にはこのことは……」

「言っていない。彼女が望まなかったからな、もう自分は貴族ではないと」

「……それは前途多難ですね」

再会してしまった以上、ハルトヴィヒがアンネリーゼ以外の女性と婚姻を結ぶことは考えづらい。魔女マリーが彼らの前に現れるまで、二人の仲の良さは誰もが認めるほどで、特にハルトヴィヒの方がアンネリーゼを慕《した》っていたのだ。

その恋心をあっさりと覆《くつがえ》すほどの魅了魔法について――魔女同様、まだほとんどわかっていないのが実情だった。

「……まあ、それはいいとして。それでは教会の方でミナの魔力について調べるのか」

「はい。ミナが神託で示された『空の乙女』である可能性が一番高いのですし、今日の話では魔女に呪いを掛けられた可能性もあるということですから」

　魔女の魅了魔法を解いたのは教会の力だ。その魔女とミナに関わりがあるというのならば、この件は魔術団ではなく教会が主体となって動くのだろう。

「そうか……」

「なにか不都合でも？」

「――アンネリーゼと約束したんだ、ミナを研究対象にして心を潰すようなことはさせないと。彼女にとってミナは妹のような存在らしい」

「そうですか」

「……確かに、アンネリーゼとミナは姉妹のように仲が良かった。――ミナの存在でアンネリーゼの心が少しでも救われていたのならば、私はミナを守らないとならない」

「わかりました、司祭長に伝えますが……」

　そう言って、エーミールは思案するように顎に手を当てた。

「そうですね……それならば、アンネリーゼ嬢にも研究に参加していただくのはどうでしょう」

「なんだと？」

「アンネリーゼ嬢の強みは知識量だけでなく洞察力や発想力にも優れている所です。是非彼女の力をお借りしたいですね」

「……だがアンネリーゼがそれを受け入れるか……」

「大切な妹のためならば協力してくれるのではないですか？　それに司祭長からの命であれば『シスター』は断れないでしょう」

「……お前は本当に手段を選ばないな」

「結果を出さなければ任務を果たせませんからね」

エーミールは笑顔でそう言って……ふと真顔になった。

「──それに、あれからもう五年です。殿下もいい加減『魔女』から解放されなければ」

「……そうだな……けりをつける必要はある」

どこか遠くを見つめながら、ハルトヴィヒは言った。


「わあ……」

鏡に映る自分の姿に、ミナは目を見開いた。

(すごい、悪役令嬢ヴィルヘルミーナだ!)

侍女たちの手により着飾ったその姿は、完全に貴族令嬢だった。

たっぷりのドレープが入った青いドレスに、ダイヤモンドやアクアマリンをちりばめたネックレスとイヤリング。アップにした髪型と初めての化粧で、普段幼く見える顔は随分と大人びて見える。

普段のミナからは想像もつかなかったその容姿は、髪色以外は小説の挿絵やコミックスで見たヴィルヘルミーナにそっくりだった。

「別人みたい……」

「本当に、とても綺麗だわ」

様子を見に来たフランツィスカが頷いた。

「……これで意識しなかったら鈍いにも程がありすぎるわね」

「え?」

なにやら呟いたフランツィスカに首を傾げると、ミナは改めて自分の顔を見た。

「……お化粧って、こんなに顔が変わるのね」

「大人びて見えるようにいたしましたからね」

化粧を施してくれた侍女が言った。

「眉《まゆ》の描き方一つでも印象は変わります」

「そうなんですね……学園に行く時もお化粧してみようかな」

貴族令嬢たちは学園でもしっかり化粧をしている。前世でも化粧などしたことがなかったため、ミナにとっては未知の世界だった。

「あ、それは止めた方がいいわ」

フランツィスカは首を振った。

「ミナがお化粧なんかして行ったら男子たちが授業どころではなくなるわ」

「……そうなの？」

「そうやって首を傾《かし》げる仕草もずっと色っぽいわよ」

(色っぽい……？)

自分にそんな要素があったのか。――確かに小説のヴィルヘルミーナは大人っぽいイメージだったけれど。

(あれは化粧で作られていたのね……)

化粧の力に感心していると、ドアがノックされる音が聞こえた。

「ミーナ、準備は……」

入ってきたアルトゥールはミナの姿を見ると目を細めた。

「ああ。よく似合っているよ」

「……ありがとうございます」

「父上と母上も来ているんだけれど」

ぴくりとミナは震えた。

「どうする？　入ってもいい？」

「……はい」

アルトゥールが外に向かって声を掛けると、すぐに両親と、そのあとからアルフォンスが入ってきた。

「ああヴィルヘルミーナ……とても綺麗だわ」

「本当に……」

「……ミナ？」

涙ぐむ両親のうしろで、アルフォンスは目を見開いて固まっていた。

「……本当に……こんなに大きくなって……」

先刻ミナが怯えたせいだろう、夫人は側に寄ろうとはせずに、入り口近くに立ったままミナを見つめていた。

「アルトゥールから聞いた。できる限りのことはするから、なにかあれば遠慮なく言ってくれ」

「……はい。ありがとうございます……お父様、お母様」

侯爵の言葉にそう返して、ミナはドレスの裾をつまんだ。

「――よろしくお願いいたします」

そう言って深く頭を下げる。他人行儀だけれど、今のミナにはこれが精一杯だった。

「……ああ」

それでも侯爵は嬉しそうに頷いた。

「それでは行くとしよう。殿下、ヴィルヘルミーナのエスコートをお願いいたします」

「あ、ああ」

ミナに見惚れていたアルフォンスは我に返ると、ミナへと手を差し出した。

「――随分と……化粧で変わるものだな」

手を取ったミナをつくづくと見てアルフォンスは言った。

「……はい……自分でも驚いています」

ちらりと見た鏡に映るミナとアルフォンスの姿は、小説の挿絵そのものだった。

「そのままでも十分だが……化粧をした顔というのもまた別の美しさがあるのだな」

「……あ、ありがとうございます」

アルフォンスのストレートな言葉にミナの顔が赤くなる。

「アルトゥール様、その顔はなんですか」

複雑そうな表情のアルトゥールにフランツィスカはふふっと笑った。


「ふう……」

王宮の客間に設けられた、ふかふかのベッドに沈み込むとミナは息を吐いた。すっかり遅くなったのと、今日は疲れただろうと部屋を用意してもらったのだ。

(本当に、今日は色々あった……)

家族との再会、女神の神託。それにドレスや化粧に、王妃も同席した王族との晩餐。

王族との食事はかなり緊張したけれど、シスターに淑女教育を叩き込まれたおかげでなんとか乗り

切ることができた。むしろミナのそつのない所作に、どうやって身に付けたのか訝しがられるほどで、『これなら貴族令嬢としても問題ないわね』と王妃にも褒められた。——元王太子の婚約者に仕込まれたのだ、問題があるはずもない。

夏休みの間に一度家に帰るという話にもなった。こうやって、少しずつ『ミナ』は『ヴィルヘルミーナ』となっていくのだろう。

（貴族に戻ったとして……これからどうなるんだろう）

はあ、とミナはもう一度ため息をついた。

晩餐の席でもミナとアルフォンスの婚約の話が出ていた。互いの親たちはすっかりその気で、ハルトヴィヒも賛成している。

そしてアルフォンスも……その前までは頑なに婚約ということを拒み続けていたのが、どこか歯切れが悪かった。

もしも本当に婚約したら小説と同じになる。けれど……。

（この世界は……本当に小説の世界なのかな）

確かにミナも含めて小説の登場人物は多いし、同じ出来事も起きている。けれど小説とは別のことも起きている。ミナが平民になったこともだし、『空の乙女』などという存在がいることもだ。

（女神の神託なんて……小説になかったと思う）

小説の記憶はあやふやだけれど、この国を救うのはアルフォンスと『聖女』だ。けれど聖女となるべきヒロイン、ローゼリアは小説とは魔力属性も違うし、性格も違う。そしてミナもまた、小説とは違うのだ。

ヒロインが持つべき属性を持つミナ。聖女ではなくて空の乙女。これでは、まるで……。

「入れ替わっているみたい……」

そう呟いた瞬間、ミナの目の前が真っ白になった。


「え？」

ミナは慌てて上体を起こすと周囲を見回した。

真っ白だった。壁も床も、ベッドもなにもなく……ただただ白いのだ。

「なにこれ……」

『ミナ』

ミナの脳裏に声が響いた。

『ミナ……良かった。やっと接触できました』

「え……誰……？」

（この声……どこかで？）

『ミナ……ごめんなさい。あなたの望みを叶《かな》えると言ったのに……こんなことになってしまって』

「え……あ、あの時の……」

この声は確かに、前世のミナが死ぬ直前聞いた声だ。

『あなたの望みを与えましょう。ここと は別の世界で』

『あなたは生まれ変わるのです。人を愛し、愛されて世界を守る存在として』

あの時そう言った、この声の持ち主は——。

「まさか……女神？」

『この国の人々は私をそう呼ぶわね』

「え、あの……これは一体……」

女神がミナをこの世界に転生させたというのだろうか。

望みを叶えられなかったとは？

わからないこと、知りたいことが多すぎてミナの頭の中がぐるぐるする。

『そう、どこから説明しましょうか。――私はこの国を守るためにあなたを別の世界から連れてきたのです』

声は静かにそう告げた。


この世界には何柱もの神が存在する。

彼らは性別も能力も様々で、人間にとって良い神もいれば悪い神もいる。それはミナの前世、日本の神々と同じようなものなのだろう。

女神が守護するこのブルーメンタール王国をある邪神が狙っていた。元々は良い女神であったのだが、自身が守護していた国が戦争に負けたせいで追放され、長い年月を彷徨う間に邪神と成り果ててしまった。そして目をつけたのが自然に恵まれた美しいブルーメンタール王国だったのだ。

長い間、女神と邪神は戦ってきた。

それは人間が知らない所であったり、また戦争など目に見える形となって起きることもあった。

戦いが起きるたびに女神は邪神を封印していたのだが、完全には封じきれず百年ほど経つと再び出てきてしまう。だから女神は邪神の封印が解けそうになると、王族に自身の力を与えてきたのだ。

「それが……光魔法ですか」

『ええ。いつも王子に光魔法を授けるのだけれど……何度も同じことを繰り返していてはこの戦いに終わりはこない。だから、今回はもう一人別の力を持つ者を用意しようとしたの』

「……もしかしてそれが……」

『そう、神託で〝空の乙女〟と呼んだ、異世界からの少女……あなたよ』

女神の授ける光魔法は、魔物など邪神によって生み出された穢れを浄化させることができる。けれど根本を断つにはもっと別の、女神に近い力が必要だ。

だがその力を与えられる者が王国内では見つからず、代わりに見出したのが異世界にいたミナだ。

『あなたの声が聞こえたの。愛して欲しいというあなたの願いと声が』

ミナが生きていた世界、その他幾つかの世界とこの世界は繋っている。そして普段別の世界に干渉することはないが、まれに影響を与えることもできるという。

『世界を超えて声が届いたあなたの魂はとても綺麗で純粋で、この魂ならば私の力を受け止められると思ってこの世界に呼んだの。……でも、それを邪神に気づかれてしまったわ』

女神の意図に気づいた邪神は、女神がこの世界に召喚したミナの魂に呪いをかけ――本来入るべき身体へ別の魂を入れてしまったのだ。

「……それって……まさか……ローゼリア？」

『そう、あなたは本当はローゼリア・リーベルとして生まれるはずだったの』

ローゼリアとして生まれるはずだったミナの魂は行き場を失ったため、女神は仕方なく別の身体へミナの魂を入れた。そうして邪神の呪いがかかったまま、ヴィルヘルミーナとして生まれたのだ。

「その呪いとは……」

『あなたの一番の望み、〝親に愛される〟ことが叶わない呪いよ』

ミナの望みを叶えず、逆に両親から嫌われることで心を追い詰め、死なせるつもりだったという。

だが女神の守護に守られていたミナは逃れることができた。そうしてヴィルヘルミーナは平民ミナとなり、家族から離れることで邪神の呪いも弱まっていったという。

『あなたは今、私の力と邪神の呪いが複雑に絡まり合っている状態なの。少しずつその絡まりは解けつつあるけれど……まだまだ根深いわ』

女神がこれまでミナに話しかけることがなかったのも、邪神の呪いによって遮《さえぎ》られていたからだという。だがミナが自分とローゼリアが入れ替わっているかもしれないと気づいたことで綻びが生まれ、接触することができたのだ。

『呪いが解けないと邪神を消し去ることはできないわ。でもまだ時間がかかるの、もう少し待ってね』

「……はい……あの、私に与えられた力というのは……どういうものなのですか」

『それはね――』

ふいにくらりと目眩を覚えると、ミナは元のベッドの上に座っていた。

「あ……れ？」

これは……また遮られてしまったのだろうか。

「――女神の力……本当はローゼリアに生まれるはずだった……」

つまりミナがヒロインになるはずだったということなのか。

「私が……ヒロイン？　でもこの身体はヴィルヘルミーナだし……!?」

女神の言葉のせいでさらに頭の中が混乱して、ミナは頭を抱え込んだ。

(女神の力のこととか……あの小説との関係とか……知りたいことは沢山あるのに)

「どうしたらいいんだろう……」

ミナの呟きに答えるものは誰もいなかった。

◆第五章　呪い

「ただいまー！」

「ミナ、久しぶり！」

「二人ともお帰りー」

二学期の始まる前日、家に帰っていたエマとハンナが寮に戻ってきた。

「家はどうだった？」

「ずっと手伝いさせられて大変だったよ」

「ホント、日焼けするし。学園で勉強してた方がずっと楽よ」

エマはそう言ってため息をつくと、ミナをじっと見た。

「……そういうミナはなんか綺麗になったたね」

「え？」

「そう、雰囲気が変わったというか……。大人びたともまた違うような……」

「上品になった？」

「あーそうかも。お嬢様っぽい」

「……そう？」

ミナはぎくりとした。この五日ほど、フォルマー侯爵家に滞在していたのだ。

侯爵家では毎日ドレスを着せられ、貴族令嬢として扱われて、自然と仕草や言葉遣いなども改まっていたため、まだその気分が残っているのかもしれない。

五日間家にはいたが、両親との距離はあまり縮まらなかったように思う。兄には酷《ひど》く扱われた記憶がないので自然に接することができたが、両親……特に母親には、どうしても過去の記憶が邪魔をして警戒してしまう。

それでも、母親に対するトラウマを克服しなければ魔術師にはなれないという気持ちから、なるべくミナから話しかけたりするようにはしていたのだが。結局ぎこちないまま夏休みが終わってしまった。

家族からは家から学園に通うよう言われたが、今はまだ平民ミナとして通いたいと寮に戻ってきた。せっかくできた友人たちと離れるのが名残惜しいというのもある。――自分が本当は貴族なのだと知られたら、彼女たちはどう思うのか。その反応を知るのも怖かった。

「お土産持ってきたよ。うちで採れた果物だけど」

「私も。外国の珍しいお菓子だって」

「わあ、どっちも美味しそう」

「早速食べようよ」

「お泊まり会しよう！」

「……明日は授業だよ」

「いいじゃん、久しぶりなんだし」

「早く寝れば大丈夫だって」

(ああ……この感じ、やっぱり楽しいな)

フランツィスカがミナたちの『お泊まり会』をとても羨ましがっていたのを思い出した。

（このまま平民として生きられたらいいのに）

それが叶うことは難しいとわかっているけれど、思わずミナはそう願った。


「今日はこれで終わりだ。ミナは残れ」

二学期初日。

午前は一学期に学んだことを覚えているか確認するための座学のテスト、午後は実技で個々の技術の確認を行った。

授業が終わると、ミナは先生と共に指導室へ向かった。

「昨日、エーミール殿が来てミナの件で話を聞いた」

指導室へ入るとライプニッツ先生は言った。

「全てを聞いた訳ではないが。ミナの力について、神殿の方で調査していくことになったそうだ」

「……はい」

それはミナも何日か前に聞かされていた。

「これまでどおり学園で学ぶが、神殿から呼び出された時はそちらを優先させるようにとのことだ。――生徒を守る立場から言うとあまり負担になることをさせたくはないが、王命でもある以上仕方ない」

「……わかりました」

「それから、今後学園の外に出る時は必ず護衛を付けるようにとのことだ」

「護衛……？」

ミナは思わず顔を引きつらせた。

「貴族ならば誰でもすることだ。お前は貴族に戻るのだろう？」

「……ええと、それはまだ……」

「家族とは会ったのだろう」

口ごもったミナに、ライプニッツ先生は尋ねた。

「……はい」

「和解はできたのか」

「――はい……一応」

「一応？」

「……頭では……もう昔とは違うとわかっているんですけれど……どうしても母に近づくと身体が反応してしまって……」

ぎこちないながらも母親と会話はできるようになったのだが、触れられるほど近づくと身体が拒否してしまうのだ。

「まあ、それは仕方ないだろう。幼い頃から刻みつけられた傷なんだ、そう簡単に消えるものではない」

ライプニッツ先生は労わるように笑顔を向けた。

「自分の弱さと向き合い、克服した者の方がいい魔術師になれる。だからお前もしっかり自分の心と向き合っていけ。迷うことがあれば遠慮なく俺に相談しろよ」

「――はい。ありがとうございます」

ミナもようやく笑顔で答えた。

（あれは……）

ライプニッツ先生との話が終わり、ミナは寮へと向かっていた。

通路から見える先に二人の人影が見えた。一人はローゼリア、もう一人は……。

（エドモント様？）

こちらからはうしろ姿で顔が見えないが、あの銀髪と雰囲気はエドモントで間違いないようだった。

あの二人に接点はないはずだが、遠目から見る限り、ローゼリアがエドモントになにかを訴えているように見えた。

（本当は……私がローゼリアとして生まれるはずだったのよね）

女神の言葉を思い出す。

するとあのローゼリアは、本当はヴィルヘルミーナとして生まれる予定だったのだろうか。そのことを彼女が知ったらどう思うのだろう。やはりショックだろうか。――知った所で生まれ直せる訳でもないのだけれど。

（それとも……もしかして呪いが解けたら身体が入れ替わるとか？　でも今更そんなことになっても困るし……）

つらつらと考えていると、くるりと振り返ったエドモントと目が合った。

「……ミナ」

どこかホッとしたような表情になると、エドモントは足早にミナの方へ向かってきた。

「エドモント様！」

「――俺はお前と関わる気はない。行くぞミナ」

追いかけてきたローゼリアにそう言い捨てると、エドモントはミナを促し歩き出した。

「まったく、鬱陶しい」

「……なにかあったのですか」

不機嫌そうなエドモントにミナは尋ねた。

「突然あの女が現れて訳のわからないことを言い始めたんだ」

エドモントはため息を吐いた。

「訳のわからない？」

「俺のことを知ったような口調で、兄のことだの……『貴方は自分らしく生きればいい』だの。まったく、気味が悪い」

（それって……確か小説であったセリフじゃ）

魔術師として自分よりも優秀な兄の代わりとして家を継ぐことにプレッシャーを感じていたエドモントに、ヒロインがそう言うのだ。その言葉で心が軽くなったエドモントは、ヒロインを異性として意識し始めて……アルフォンスと三角関係のような感じになったと思う。

（ローゼリアは小説の展開をなぞろうとしたのかしら……でもこれまで接点がない相手にそんなこと言われても）

あれは、それまでのエドモントの努力を見てきた上での言葉だ。違うクラスの知らない相手に突然言われたら、警戒されるだけだろう。

「――ところでミナ」

どうにかローゼリアに、ここは小説とは違うのだと伝えられないかミナが考えているとエドモントが立ち止まった。

「兄から聞いた。お前、フォルマー侯爵の娘だったんだな」

「あ……はい……」

ミナは頷いた。

「……アルフォンス殿下と婚約するのか」

「え？　ええと……」

ミナは首を傾げた。

「……そういうお話は出ていますが……まだわからないです」

「決まってないのか」

「はい……」

「――お前は殿下と婚約したいと思っているのか？」

「え？」

エドモントの言葉に、ミナはさらに首を傾げた。

「……私はずっと平民として生きていたので……いきなり婚約といわれても……」

というか色々なことが起こりすぎて、そこまで気が回らないのだ。

「……恋愛感情はないのか」

小さく呟くと、エドモントはミナを見つめた。

「――じゃあ、お前が俺の婚約者になる可能性もまだあるんだな」

「え」

唐突な言葉にミナは目を見開いた。

「……父に、婚約者を決めろとうるさく言われているのだが。貴族の女は嫌いだ。……それまで見向きもしなかったのに、俺が兄の代わりに跡継ぎになると決まった途端寄ってくるような、人を肩書きでしか見ないような連中は。でもお前は気にしないだろう？」

エドモントはふと顔をそむけた。

「……あとは単に、俺はお前がいい」

告白とも言えるようなエドモントの言葉に、ミナの瞳がさらに大きく見開かれた。

「――確かに俺は兄のことで迷っていたし、お前にも八つ当たりのようなことをした。……でもお前が大切なことを認識させてくれた。先ずは一人前の魔術師にならなければならないと」

エドモントは再びミナを見た。

「……これからも道を迷わないように、隣にいて欲しいんだ」

耳を赤くしながらも、ミナを見つめてエドモントは言った。


「ああ……もう」

部屋に戻るとベッドに顔を埋めてミナは呻いた。

（エドモント様が……私を？）

確かに最近のエドモントのミナへの態度は、最初の頃に比べてかなり好意的だとは思っていたけれど。

（でも婚約とか言われても……というか婚約って、ゆくゆくは結婚するんだよね⁉）

エドモントやアルフォンスと結婚。――ミナには想像もつかないことだった。

この世界では、平民でも十代で結婚する者は多い。

だが魔法が使えると知った時から魔術師になることを目標としていた、しかも前世の日本人の記憶を持つ十六歳のミナにとって、結婚などというのはまだ遠い未来の話だった。

「もう……本当に、どうしたらいいんだろう」

色々なことを考えないとならないのに、さらに問題が増えてしまった。考えることが多すぎて、頭の中が混乱してくる。

（こういう時は……冷静に……）

ミナは大きく深呼吸をした。

『お前が大切なことを認識させてくれた。先ずは一人前の魔術師にならなければならないと』

エドモントの言葉が蘇る。

「私にとって大切なこと……」

ミナにとって一番大切なこと。それはなによりも。

「呪いを解くこと……？」

ミナがこの世界に生まれたのは、邪神を消し去るためだ。

だがその邪神の呪いによってローゼリアとして生まれるはずだったのが、ヴィルヘルミーナとして生まれてしまった。かけられた呪いが解けなければ邪神は倒せないのだ。

「呪いを……」

解呪は教会が行うと言っていた。以前、ハルトヴィヒたちが魔女に魅了された時も教会が解いたのだと。

「魔女と邪神は……同じ？」

あるいは、ミナたちと同様に転生者だったらしいマリーは邪神に操られたりしていたのだろうか。魅了されたままだったら、魔女マリーが王妃になっていたかもしれないと言っていた。魔女を王妃とし、この国を手に入れる……それが邪神の目的だったのだろうか。

「……誰かに……相談できたらいいのに」

ミナが女神の力でこの世界に転生したことは言えたとしても、乙女ゲームや小説のことはどう説明したらいいのだろう。この世界が異世界でゲームや小説の舞台になっているなど、信じてもらえるとは思えない。それを思うと、誰にも言えそうにない。

（せめてもう一度、女神と会えたらいいのに）

室内に長いため息の声が響いた。


「国内各地で魔物の増加が確認されている」

翌日、座学の授業でライプニッツ先生が言った。

「夏期休暇中、領地に戻った時に聞いたり遭遇したりした者もいるだろう。原因は魔術団と教会の方で調査している」

「教会もですか？」

誰かが尋ねた。

「ああ。どうやらこれは五年前の魔女の件と関係があるらしい」

魔女という言葉に教室内が騒めいた。

「魔物の討伐には魔術団と騎士団が当たっているが、今後王都近郊に関しては学園の方からも応援を出すことがあるかもしれない。といっても行くのは二年生だが、場合によってはこのクラスにも応援要請の可能性がある。覚悟しておけよ」

先生の言葉に生徒たちは不安そうに顔を見合わせた。

放課後、ミナは図書館へ向かっていた。

午前の座学は最近の魔物増加やそれに関する国内の情勢について説明があった。アルフォンスや父親が侍従長であるフランツィスカによると、王宮でもそれらの件について忙しくなっているという。五年前の魔女マリー処刑後に魔物の数が増大した時のような不安と恐怖が再び国中に広がりつつあるようだった。

午後の実技は対戦形式だったのだが、エドモントが対戦相手のアルフォンスに対し、いつも以上の対抗心を見せていた。元々実力はアルフォンスの方が上だったが、今日はエドモントが最初から最後まで優位に進め、勝利したのだ。

対戦を終えるとエドモントはすぐミナの元へとやってきた。「どうだった」と聞かれたので、気づいたことなどを伝えると、それに対してエドモントが意見を述べる。そうやってしばらく二人で話し込み、「殿下より強くなるから」と言葉を残してエドモントが離れると、すかさずフランツィスカが寄ってきた。

「ねえ、今のどういうこと？」

「どういうって……」

「もしかしてエドモント様となにかあったの⁉」

目を輝かせながら尋ねる、鋭い友人からの追及をなんとかかわしたが、放課後もなにか聞きたそうなのを察し、ミナは逃げるように図書館へと向かったのだ。

「――ちょっと」

通路を歩いていると背後から声をかけられた。立ち止まり、振り返るとローゼリアが立っていた。

（うわ……早速来た）

昼休みに会ったエマとハンナに、ローゼリアがミナのことを尋ねてきたと聞かされていた。その時、『モブのくせに』とミナに対して怒りを隠さなかったという。

「あんた、なんなのよ」

「なんなのとは……」

「平民のくせに魔力が強いし、水魔法でアルフォンス様やエドモント様と同じクラスなんて。そのポジションは私のものなのよ」

腕を組んで仁王立ちするローゼリアは、まるで悪役令嬢のようだった。

(やっぱり彼女がヴィルヘルミーナになるはずだった……？　でもそれにしては魔力が少ないような)

「……なんの話ですか」

「モブのくせに生意気なのよ」

「モブ……？」

「ヒロインは私なのよ！」

ローゼリアは目をつり上げた。

「まったく、どうしてなにもかも上手くいかないの⁉」

(ああ……そうか、この人も邪神の犠牲者なんだ)

ミナの代わりにローゼリアとして生まれて、けれどヒロインとしての役目を果たすことができなくて。前世の知識がなければ、まだ一令嬢として生きられただろうに。

「……あの……」

「――そうよ、あんたがいるからよ」

ゆらり、とローゼリアから黒いモヤのようなものが立ち上った。その嫌な気配にミナの背筋がぞくりと寒くなる。

(……なに……これ……今までこんな気配……感じたことなかったのに)

ただならぬ気配にミナは思わずあとずさった。

「あんたさえいなければ……」

じわりと黒いモヤが広がっていく。

逃げなければ。そう思うが足がすくんで動けない。

(呑まれる……っ)

モヤがミナへと覆いかぶさるように襲いかかってきた。

「ミナ!」

次の瞬間、ミナの身体を金色の光が覆った。

「——大丈夫か、ミナ」

誰かが背後からミナの身体を支えていた。

「……殿下……」

その声の主に気づき、振り返るとアルフォンスが立っていた。

「これは一体……なにがあった?」

見ると、二人の前にローゼリアが倒れていた。

「これは、以前問題を起こしていた娘だな」

「……はい……」

「魔物と似た気配を感じたので来てみたら、この娘が黒いものに覆われていた。なにがあった?」

「……それが……声をかけられて……私がいなければと……」

「なんだと？」

アルフォンスはローゼリアに近づいた。

「……今はあの気配を感じないな」

「先ほどの光で消えたのでしょうか……」

「だが……なぜこの娘に光魔法の効果があった？　あれは魔物にしか効かないはずだ」

「……う……」

ローゼリアが身じろいだ。

「……あ……れ」

身体を起こすと不思議そうに周囲を見渡し、その視線がミナをとらえた。

「あんた……なにしたのよ！」

「それはこちらが聞きたい」

ようやくアルフォンスの存在に気づいたローゼリアは目を見開いた。

「え、アルフォンス様……」

「お前は何者だ」

アルフォンスはローゼリアに詰め寄った。

「ミナになにをしようとしていた」

「え……私……」

動揺し目を泳がせたローゼリアがミナを見ると、またその目を険しくさせた。

「……ほらそうやって！　どうしてあんたがアルフォンス様に庇われるのよ！」

「なに？」

「ヒロインは私なのに！　もういやこんな世界！」

叫ぶとローゼリアは身を翻して駆け出した。

「おい……！」

アルフォンスは追いかけようとしたが、すぐに足を止めてミナへ向いた。

「ミナ……大丈夫か」

「あ……はい……っ」

頷き、顔を上げるとすぐ目の前にアルフォンスの顔があり、ミナは思わずのけ反りそうになった。

「本当に大丈夫か」

「は、はい」

（顔が近いってば！）

心配そうにさらに近づこうとするアルフォンスから逃れようとするより早く、アルフォンスの手がミナの背中へと回った。

「良かった」

（え……）

温かなものに包み込まれ――ミナはアルフォンスに抱きしめられたことに気づいた。

（えぇ!?　な、なんで!?）

驚きと、苦しくはないけれどしっかり抱きしめられているせいで身動きができない。

「……明日、教会に行くのだろう」

ミナを抱きしめたままアルフォンスが言った。

「え、あ……はい」

「私も行くから、あの娘のことも聞いてみよう」

「……はい……」

「──ところでミナ」

困惑しながら頷いたミナの耳元でアルフォンスの声が響いた。

「君は随分と、エドモントと親しくなったようだな」

「……え？」

「今日の実技のあとも二人で話し込んでいたが、君たちはそんなに仲が良かったのか」

どこか不機嫌そうな声でアルフォンスは言った。

「え、ええと……」

「ミナ。先日父上が言っていた婚約のことだが、前向きに考えようと思っている」

アルフォンスの言葉に、ミナはなんとか顔だけを上げた。

「──婚約者などいらないと、今も思っているが。君を他の者に取られたくないとも思っている」

顔を上げたミナを見つめてアルフォンスは言った。

「こんな感情を抱いたのは初めてだ」

「……殿下……」

「呪いの件が落ち着いたら……いや、それまで待たない方がいいのか。いつ君を取られるかわからないからな」

ミナを見つめる目を細めてアルフォンスはそう言った。

「ミナ」

「シスター!?」

ミナの呪いについて調べる日。教会で出迎えた相手を見て、ミナは目を見開いた。

「どうしてここに……」

「『命令』で呼ばれたの。ミナの呪いの件で協力するようにって。——私を推薦した人がいるらしくて」

シスターは脇に佇む人物へと視線を送った。

「リゼ様は私よりも魔法のことに詳しいですからね」

視線の先にいたエーミールは笑顔でそう答えた。

「え……でも孤児院は……？」

信頼しているシスターが来てくれたのは嬉しいけれど、そのせいで他の子供たちが寂しい思いをしてしまうのはよくない。

「しばらく代わりの者が来るわ。子供たちもミナのためならって納得して送り出してくれたの」

「そうだったんですか……」

「リゼ……アンネリーゼ嬢!?」

ミナと共に来たアルフォンスはシスターを見て目を瞬かせた。

「……どうして……」

「シスターの『リゼ』と申します」

アルフォンスの前へ立つとアンネリーゼはそう言った。

「アンネリーゼという者はもう存在いたしません。よろしいですね」

「……あ、ああ……」

自分を見上げる強い眼差しに思わず頷くと、アルフォンスは問うようにミナを見た。

「この方が私に魔法を教えてくれたシスターです」

「ミナに？」

「先日、ハルトヴィヒ殿下が調査でミナのいた教会に向かった時にお会いしたそうで。それでリゼ様の魔法の知識の高さと能力を見て、是非今回の件に参加していただきたいと」

エーミールがそう説明した。

「兄上……が」

アルフォンスはしばらく考えるようにミナとアンネリーゼを交互に見、やがて頷いた。

「そうか……わかった。よろしく頼む」

「それではよろしいかな」

司祭長が声をかけた。

「ヴィルヘルミーナ嬢、祭壇の前へ」

「……はい」

促されるまま、ミナは祭壇の前に置かれた椅子に腰を下ろした。

「これはハルトヴィヒ殿下たちにも行った方法で、まず呪いの内容を探るのじゃ。目を閉じて……力を抜いて」

司祭長はミナの額へと手をかざした。呪文のようなものを唱え始めると、やがて司祭長の手が白い光を帯び、伸びた光がゆっくりとミナを包み込んでいく。

静かな祭壇に司祭長の声が響くと、やがてそこにかすかに呻き声のようなものが聞こえた。ミナが苦しげに眉をひそめる。その身体を覆う白い光の中に、黒い、モヤのようなものが混ざり始めた。

「あれは……」

「あの黒いものが呪い……？」

「……黒だけじゃない？」

金色の光が一筋現れた。

黒いモヤと金色の光が細長く、紐《ひも》のように絡まりながらミナの身体を覆っていった。

「これは……二つの力がミナに関わっているということ？」

アンネリーゼは隣のエーミールを見た。

「おそらく……。あの金の光はアルフォンス殿下の光魔法と似ていますね」

ミナが苦しげに息を吐いた。

「……大丈夫なのか」

不安そうにアルフォンスが呟いた。

「——あなた方の時もこんな感じだったの？」

「いえ……苦しさはなかったです。我々の時と違い、ミナに掛けられているのは『呪い』ですから」

「過去に呪いを解いた例は？」

「現在の王政になってからは記録にありません」

「……それは本当に、大丈夫なのか」

アンネリーゼとエーミールの会話を聞いてアルフォンスは眉をひそめた。

《……お……かあ……》

かすかにミナが声を発した。

《おかあさん……》

それは短いけれど、聞いたことのない言葉だった。

《おかあさん……苦しい……助けて》

金と黒の光の糸に絡まりながら、ミナは胸を押さえ涙を流していた。

《どうして……側に……いないの。一人で死にたくない……おかあさん……おとうさん……》

「ミナ！」

「殿下！」

ミナに駆け寄ろうとしたアルフォンスをエーミールが制した。

「途中で止めるのは逆に危険です」

「だが！」

「エーミール殿の言うとおり、手出しはしないでくだされ。今術を解く」

そう言うと司祭長の手の光が強くなった。ゆっくりと、ミナを囲んでいた金と黒の糸が消えていく。

光が消えると力が抜けたミナの身体が椅子から崩れ落ちた。

「ミナ！」

飛び出したアルフォンスがミナを抱きとめた。

「──あの黒い光はヴィルヘルミーナ嬢の魂に深く結びついておる、呪いの元だ。金の光はその呪いから彼女を守ろうとしておるようじゃな」

意識のないミナを見つめて司祭長は言った。

「黒い光……魔女か？」

「いや……魔女よりももっと強いもののようじゃ」

「魔女よりも？」

「それが……神託にあった『古の邪な力』ですか」

「古の……魔女よりも強い……黒い光……」

アンネリーゼが口の中で呟いた。

「――黒い女神？」

「え？」

「……昔読んだことがあるわ。この国に起きる戦争や厄災は黒い女神がもたらすと」

「読んだ？　本でですか」

「ええ……子供向けの本の中にあって……でもお伽話とは思えないほど怖かった覚えがあるわ」

アンネリーゼはエーミールを見た。

「金の女神が何度も黒の女神と戦い、勝つけれど黒の女神はまた復活してしまうって」

「……そんな物語、ありましたか」

エーミールは考えるように眉をひそめた。

「どこで読んだのかしら……確か王宮の……王族専用の図書室？　黒い女神と戦う『黄金の王子』の挿絵が綺麗だったのを覚えているわ」

「黄金の王子……光魔法か。百年前にもいたという……」

エーミールは目を見開いた。

「……まさか光魔法の使い手が生まれるのはその黒い女神と関係が？」

「……ん……」

ミナが身じろいだ。

「ミナ……大丈夫か」

目を開いたミナを、心配そうにアルフォンスが覗き込んだ。

「……で……んか」

瞬いて、ミナは自分がアルフォンスに抱き抱えられていることに気づき、慌てて起き上がろうとした。

「急に動くな、危ない」

バランスを崩したミナの身体を支えるように、アルフォンスはそっと抱きしめた。

「っあの……」

「――殿下、どさくさに紛《まぎ》れてなにをしておられるのですか」

アンネリーゼの冷めた声が響いた。

「まったく……兄弟揃《そろ》ってどうしてそうすぐ触れたがるのかしら」

「そうですよ、まだ殿下の婚約者になると決まった訳ではないのですから」

エーミールはそう言って司祭長を見た。

「それで司祭長。どこまでわかりましたか」

「先刻も言ったとおり、この呪いはヴィルヘルミーナ嬢の魂に深く結びついておる。これを解くのはよほど難しい」

「我々の時よりも？」

「あの時は外側から覆うように魅了魔法が掛けられておったが、今回は内側……もっと根深いものだ」

司祭長はミナの側まで来るとその瞳を覗き込んだ。

「……どうやらヴィルヘルミーナ嬢の魂は、特殊なようだの」

「特殊？」

「普通の魂とは質というか……種類が違うようじゃ」

「それは……呪いのせいですか」

「いや、呪いとはまた別じゃな。それにあの奇妙な言葉」

「奇妙な言葉……？」

「うわ言のようになにか言っておったのじゃ」

「何度も《オカアサン》と言っていたな」

アルフォンスの言葉に、ミナはびくりと肩を震わせた。

（あ……そうだ……夢を見ていたんだ……）

夢なのか、記憶なのか。

司祭長に術を掛けられて……前世で死んだ時のことを思い出していたのは覚えている。あの時の苦しさが蘇り、ミナは無意識に胸を押さえた。

「あれはなにを言っていたのだ？　覚えているのだろう」

ミナの反応を見てアルフォンスが言った。

「え……えと……」

（どうしよう）

あれは前世の世界の言葉だと……説明してもいいものだろうか。だがそれを言ったらゲームや小説のことなども明かさなければならないのだろうか。――そもそもそんなこと、信じてもらえるのだろうか。

「ミナ」

「その前に殿下、ミナから離れましょうか」

ミナを抱きしめたままのアルフォンスの肩にエーミールが手を掛けた。

「そうね、ミナいらっしゃい」

アンネリーゼがミナの腕を取ると自分へと引き寄せた。

「気分は悪くない？」

そっとミナを抱き寄せる、アルフォンスとは異なる優しげな腕にミナの胸の奥が締め付けられる。

《……おかあさん……》

それは前世の、そして今世でもミナが知ることのない、母親の温もりを想像させる感触だった。

「ミナ？」

《おかあさん……》

「――ミナ」

アンネリーゼはミナの背に手を回すとそっと力を込めてその身体を抱きしめた。

「辛い思いをしたのね」

「……っ」

「もう大丈夫よ」

震える背中を撫でながらアンネリーゼは言った。

「……リゼ様。ミナがなにを言っているかわかったのですか」

「いいえ。でも想像はつくわ」

エーミールにそう答えると、アンネリーゼは腕の中のミナに視線を向けた。

「孤児院の子供たちを何人も見てきたから。……お母様が恋しいのね」

言葉を肯定するように、ミナはアンネリーゼにしがみついた。

「母親が恋しい？　だがミナの母親は……」

『――ミナが望むのは今世の母親ではないわ』

ミナの口から彼女とは異なる女性の声が聞こえた。それは優しくて、けれど威厳のある不思議な声だった。

「ミナ……？」

『ミナが最も望んでいるのは彼女がミナとして生まれる前に生きていた世界の、母親からの愛情なの』

「生まれる前？」

「その声……まさか……『女神』……」

司祭長が目を見開いた。

「女神!?」

「どういうこと……？」

『そう、私がミナの魂をこの世界へ招いたわ』

アンネリーゼから身体を離し、顔を上げたミナの瞳は金色に輝いていた。

「これは……憑依か」

『そうとも言えるし違うとも言える……私とミナの魂は結びついているの』

「魂が結びついている？」

「……ミナの魂を招いたと言いましたね」

アルフォンスはミナに向いた。

「どういうことですか」

『ミナは元々別の世界に生きていたの』

「別の世界？」

「――聞いたことはありますね。この国の大地や海とは繋がっていない、異なる文化や生物を持つ国々があると」

エーミールが言った。

『そう、私のような〝神〟と呼ばれる存在は別の世界に触れることができる。そうして私はある時、ミナの声を聞いたの。純粋で綺麗な魂を持つ彼女の心からの願いを』

「ミナの願いとは……」

『親……特に母親からの愛情を受けることよ』

「愛情？」

『彼女の両親は忙しくてミナの世話は人任せ、ほとんど親らしいことをしなかった。そして彼女はたった一人、誰にも見守られることなく病気で死んだの。――両親の愛を求めながらね』

ミナはそっと胸を押さえた。

『私は彼女の願いを叶える代わりに、この世界へ生まれ変わらせてこの国を救う力を授けようとした。……けれどそれに気づいた邪神によって、ミナは呪いをかけられてしまったわ。両親に愛されないという彼女にとって一番辛い呪いを』

「邪神？」

『あなたたちが先刻、黒い女神と呼んでいたものよ』

「その黒い女神……邪神がミナに呪いをかけたと……」

「――ミナの母親が聞いた声の持ち主か」

『邪神はこの国を狙っている。復活する度に私の力を与えた〝光の王子〟によって封印されてきたけれど……百年も経てばまた復活する。私はその繰り返しをここで終わりにしたい』

ミナはアルフォンスを見上げた。

『ミナが必要なの。呪いによって封じられた彼女の魂が持つ力が』

「――どうしたらミナの呪いは解けるのです」

『ミナの心に絡まりついていた邪神の呪いは綻びつつある。もう少しすれば私の力で呪いを消すことができるわ』

金色の瞳がアルフォンスを見上げた。

『光の王子。それまであなたの力でミナを、彼女の心を蝕《むしば》もうとする黒い影から守りなさい』

「黒い影……」

『そしてあなたとミナの力を合わせ、邪神を消し去るのです。それがあなた方の使命です』

「……承知いたしました」

アルフォンスは頭を下げた。

『それから、もう一つ』

ミナは頭を巡らせるとアンネリーゼを見た。

『あなたにも、苦労をさせたわね』

アンネリーゼを見つめる金色の目が細められた。

『あの魔女も邪神の力の一部。目的は光の王子を殺すことだったの』

「アルフォンス殿下を⁉」

一同が騒ついた。

『邪神に光の王子は殺せない。だから兄を操り、弟を殺させようとしたの』

「そんな恐ろしいことを……」

『王太子を魅了したけれど、彼のあなたへの想いが強くて完全には魅了しきれなかったようね』

「……そうでしたか」

『私たちは神と呼ばれ崇《あが》められていて、人間より多い力を持ち人間にはできないことができるけれど万能ではない。――ここで邪神を消滅させなければ、この国は邪神に乗っ取られてしまう』

ミナは両手を胸の前で重ねた。

『私もミナを召喚し、光の王子に力を与えて自身の力が減ってしまった……こうやってミナを通じてあなたたちと会話をするのが精一杯なの』

そう言うと、一同を見渡す。

『今少し、あなたたちで頑張りなさい』

ミナが一瞬金色の光に包まれると、その身体がふらりと揺れた。

「ミナ！」

アンネリーゼが身体を支えると、はあ……と息を吐いて水色の瞳がアンネリーゼを見た。

「ミナ……大丈夫？」

「……はい」

こくりとミナは頷いた。

「ミナ……今の会話は聞こえていたの？」

「……はい」

ミナは自分の口元へ手を当てた。

「自分の口が勝手に動いて……変な感覚でした」

「ヴィルヘルミーナ嬢」

司祭長がミナの前に立った。

「先刻のことは本当か？　別の世界から召喚されたというのは」

「――はい」

ミナは頷いた。

「私は確かに……生まれる前、ここことは違う世界に生きていた記憶があります」

「あの耳慣れない言葉も？」

「……向こうの世界の言葉です。《おかあさん》は……母親を呼ぶ時の言葉です」

そう言ってミナは目を伏せた。

顔を合わせることすら滅多になかった母親に《おかあさん》と、そう呼ぶことすら叶わなかったのだ。その言葉は前世のミナにとって苦しくて切ない響きを持った言葉だった。

「ミナ……そんなに長い間辛い思いをしていたのね」

アンネリーゼがミナを抱きしめた。

「……でも……私が前世を思い出したのは学園に入学した日です」

それまでは前世のことなど、なに一つ思い出すこともなかったのだ。

「――つまり、ミナは邪神からこの国を守るために『空の乙女』として女神によって召喚されたけれど、逆に邪神に呪いをかけられてその力を封じられてしまったということですね」

エーミールが口を開いた。

「そしてその呪いが解けなければ邪神は倒せないと」

「呪いを解くには……ただ待たなければならないのかしら」

アンネリーゼが言った。

「ますます魔物は増えているのでしょう。王都に来る途中も良くない話ばかり聞いたわ」

「――その件に関しては……正直、魔術団は手一杯になりつつあります」

ため息と共にエーミールが答えた。

「ですが、国だけでなく各領地でも対策を強化していますから。今しばらくは大丈夫でしょう」

「だが『今しばらく』なのだろう」

アルフォンスが言った。

「それがどれだけ持つのか。……やはり私も学園に行かず討伐に出た方が」

「それは、まだ大丈夫です」

エーミールはアルフォンスを見た。

「ミナの呪いが解けたら、という条件が明らかになったのですから。それまで持ち堪えさせますよ」

「だがそれがいつになるかはわからないのだろう」

「こういうのは気の持ちようも大きいですから。先が見えているのなら耐えられます。それよりも殿下は女神の言っていたように、ミナを守ってください」

「だが……」

「邪神を倒せるのは女神から力を授けられた、殿下とヴィルヘルミーナ嬢だけなのであろう」

司祭長が言った。

「その時が来るまで、御身を大事にしてくだされ」

「……しかし……」

「殿下がどうしても討伐に出たいというのなら、ミナの護衛はうちのエドモントに任せますが?」

納得できない表情のアルフォンスに、エーミールが少し口角を上げて言った。

「……なに？」

「最近ようやく後継としての自覚が出てきて、能力もかなり上がってきましたから。それに彼もミナのことを相当気にかけていますからね」

「――確かにエドモントは腕を上げているが……それだけでは」

意味ありげな笑みを浮かべたエーミールにアルフォンスは眉をひそめた。

「ミナを狙っている邪神から……黒い影から守るには光魔法でなければ……」

ふと、気づいたようにアルフォンスはミナを見た。

「そういえば、昨日の黒い影……あれもまさか邪神か？」

「黒い影？」

「昨日学園でミナが襲われたのだ」

「襲われた!?」

アルフォンスが昨日のことを説明すると、エーミールとアンネリーゼが顔を見合わせた。

「それってまさか……」

「――殿下。確かにその女生徒は『ひろいん』と言ったのですね」

険しい表情でエーミールが尋ねた。

「ああ。どんな意味だ」

「意味はわかりませんが、魔女マリーがその言葉をよく口にしていました」

「魔女が？」

「……私もよく言われたわね、『私がひろいんなんだから私の思いどおりになるの』って」

遠い目になりながらアンネリーゼが言った。

「そんなことを言われていたのですか」

「彼女、男性の前では繊細な風を装っていたけれど、実際はかなり強気な性格だったわ。よく女生徒を威嚇していたし」

エーミールにそう答えると、アンネリーゼはアルフォンスを見た。

「その娘、身分の高い男子生徒に色目を使ったり殿下のことを勝手に名前で呼んだりしていませんでしたか」

「……そういえば。他の女生徒の婚約者と親しくするなど問題を起こしていたな」

「ますます似ているわね、『彼女』に」

「まさか……その娘も魔女か」

「あの」

魔女とされればローゼリアも処刑されてしまうかもしれない。ミナは慌てて口を開いた。

「その二人が言っていた『ヒロイン』という言葉……私の前世の国の言葉かもしれません」

「なに？」

「ヒロインとは、女性の主人公という意味です」

「主人公？」

「――自分が主役ってこと？」

アンネリーゼはため息をついた。

「確かに、そう思っていそうだったわ」

「……それでは、魔女マリーとあの娘もミナと同じ世界から召喚されたと言うのか？」

「そうかもしれません……」

アルフォンスの言葉にミナは頷いた。

「もしかしたら邪神が……」

ミナが女神によってこの世界に召喚されたように。邪神も彼女たちを召喚したのかもしれない。

「その件に関しては教会の方で調べよう」

司祭長が言った。

「それと、女神や邪神の力、神々の争いについて神話や過去の文献を探した方がいいじゃろう。リゼ、そなた得意だそうだな。頼めるか」

「はい。かしこまりました」

司祭長に向かって頭を下げると、アンネリーゼはミナに向いた。

「ミナ。あなたもしばらく教会にいる？　その女生徒がいる学園は危険だわ」

「え？」

「そんな危険な相手がいる学園は休んだ方がいいと思うの。魔法の勉強ならここでもできるし」

「……でも……」

ミナはアルフォンスへ視線を送った。

「パーティの訓練が……」

アンネリーゼの言い分も理解できるが、回復魔法を使えるミナがいなかったらパーティはどうなるのだろう。

「――確かに水魔法が抜けるのは厳しいが、今はミナの安全の方が大事だな」

アルフォンスはそう答えた。

「そうじゃな。少なくともその娘のことを調べ終えるまでは学園へは行かない方がいいじゃろう」

「……わかりました」

本当は学園を休みたくないけれど。今は自分の我が儘を言うべきではないとミナは頷いた。


「そう、この本だわ」

アルフォンスの持ってきた本を手に取るとアンネリーゼは懐かしそうに目を細めた。

「やっぱり王宮の図書館にあったのね」

「いや、兄上の書斎にあった」

アルフォンスは答えた。

「兄上に尋ねたらおそらくこの本だろうと」

先日アンネリーゼが言っていた、黒い女神のことが書かれていたという本が気になったアルフォンスがハルトヴィヒに尋ねると、しばらく考えてから一冊の本を出してきたのだ。

「綺麗な本ですね」

「読んでみる？」

金箔で装飾された、子供用とは思えない豪華な本をアンネリーゼから渡され、ミナはぱらぱらとめくってみた。中身は確かに子供向けらしく、大きめの文字と平易な文体で書かれている。

一枚の挿絵にミナの手が止まった。剣を構え、光に包まれた青年が長い黒髪の女性と対峙している絵だった。

「これが……黄金の王子と黒の女神？」

「ええ。この絵だわ」

リゼが本を覗き込んだ。

「綺麗でしょう」

「はい……」

頷くと、ミナは首を傾げた。

「……でも、どうして他の本には黒い女神の話は出てこないんでしょう」

ミナが教会に来て十日ほど経っていた。

魔法を教わりながら、アンネリーゼの手伝いで教会にある文献の調査も行っているのだが、ここにある本にはどこにも黒い女神のことは書かれていなかったのだ。

「おそらく、王にしか伝えられない話なのだろう」

アルフォンスが言った。

「この本は王太子にのみ与えられる本だと聞いた」

「……どうしてそんな本を私が読んだのかしら」

「片付け忘れていたのを部屋に来たアンネリーゼ嬢が見つけて、読んでみたいとねだられ断れず渡したそうだ。だが読んだアンネリーゼ嬢があまりにも怖がって泣いてしまったので反省したと兄上は言っていた」

「……そんなことまで言わなくてもいいんじゃないかしら」

少し顔を赤らめると、アンネリーゼはアルフォンスに向いた。

「この本はお借りしてもよろしいのでしょうか」

「ああ、父上にも許可を得た。関係者以外に見せなければ良いと」

「ありがとうございます」

アルフォンスにお礼を言うとリゼはミナを見た。

「この本には他にも女神に関わることが書かれているわ。教会にある本と比べてみましょう」

「はい」

「ミナは資料集めが上手いから助かるわ」

「……好きな作業なので」

前世から、ミナは本を読んだりなにかを調べたりするのが好きだった。

向こうの世界ではインターネットという便利なものがあったが、誰もいない家に帰りたくない寂しさから図書館へもよく通っていた。目に止まった本を手にし、興味を持てば関連した本を探していく。

あの頃の経験がここで生かされるとは。

「学園に行けなくても忙しそうだな、ミナ」

アルフォンスが言った。

「はい……友人に会えないのは寂しいですが、フランやエドモント様が様子を見に来てくださいました」

「エドモント？」

アルフォンスは眉をひそめた。

「彼が来たのか」

「はい……昨日エーミール様と一緒にいらして、授業のことを教えてくれました」

アルフォンスのパーティは回復役のミナがいないため、今は一組全員が一つのパーティとして訓練をしているという。それまでの五人から九人に増えたことで変わったことやエドモントが気づいたことなどを色々と教えてくれたのだ。同じ後衛という立場のエドモントの話は興味深く、とてもためになった。

「――彼と話したのは授業のことだけか？」

どこか硬い響きを含んだ声でアルフォンスが尋ねた。

「はい」

「エドモント様は、前はお兄様のうしろに隠れている印象だったけれど、今はすっかり嫡男の顔になったわね」

アンネリーゼが言った。

「そうエーミール様に話したら、ミナのお陰だと言っていたわ」

「私……ですか？」

「ええ。ようやく次期当主としての自覚が出てきたのか将来のことを考えるような発言が出てきているんですって」

「……そうなんですか」

「学園での授業にもますます力が入っているし、家族も喜んでいるそうよ」

エドモントのことはフランツィスカも言っていた。以前からも熱心だったが、最近はさらに力が入っているようだと。先日言っていたように、まずは一人前の魔術師となるために頑張っているのだろう。

「――そうか。彼も本気か」

小さく呟いて、息を吐くとアルフォンスは二人を見た。

「昨日といえば、ローゼリア・リーベルの件は聞いたか」

「自分を『聖女』だと言ったということですか」

眉をひそめてアンネリーゼが答えた。

「学園でそう吹聴していたそうですね、魔物があふれるこの国を自分が救うのだと」

アンネリーゼとミナがその話を聞いたのは今日、アルフォンスが来る少し前のことだった。

普段の彼女の言動から信じている生徒はいないということだったが、教会がローゼリアのことを調査している件は学園にも伝えてあったため、報告があったのだ。

「魔女だったハイデマリーもよく言っていました。自分は特別な、選ばれた人間なのだと」

「……今日はさらに聞き捨てならないことを言っていたらしい」

「聞き捨てならない？」

「――近い内に兄上が死ぬ、と」

アルフォンスはそう言った。

「え」

アンネリーゼは目を見開いた。

「ハルト……様が……？」

「戯言と片付けるには不敬過ぎるし、あの娘と邪神が関わっている可能性もあるからな。フランツィスカ嬢に同じクラスの者たちから詳しく話を聞くように言ってある。あとでここに来る予定だ」

「シスター」

ミナは顔を青ざめさせたアンネリーゼの腕にそっと触れた。

「大丈夫ですか……？」

「言葉は不敬だが中身はなんの根拠もない。気にするな」

「——ハイデマリーもよく言っていたわ」

視線を宙に向けて呟くようにアンネリーゼは言った。

「未来のことを……さも見てきたかのように。そしてそれは当たることが多かったの」

「シスター」

ミナはアンネリーゼの腕を強く摑んだ。

（ああ……そうだ。確か小説の中で……ハルトヴィヒ殿下は亡くなったんだ）

ローゼリアも、前世で読んだ小説でハルトヴィヒが死んだことを知っているはずだからそんなことを言ったのだろう。

けれど小説と、実際のこの世界では同じ部分もあれば異なっている部分もある。だからハルトヴィヒが小説どおりに死ぬとは限らないのだ。

「シスター、ローゼリアは魔女ではありません」

「でも魔女かもしれないのでしょう」

「——そうですが……」

ローゼリアとミナが持つ前世の知識と、現実との相違。それをどう説明しようかミナが迷っていると、神官がフランツィスカの到着を告げた。

「ローゼリア・リーベルが言うには、ハルトヴィヒ殿下の死が彼女の力を覚醒させる鍵《かぎ》となるそうです」

フランツィスカはエマたちから聞いた話を一同に説明した。ローゼリアはクラスメイトたちにそう吹聴していたという。

（そうだった……かしら）

ミナの小説の記憶はあやふやで、詳しい内容まで思い出せない。――学園に入学して前世のことを思い出した時はもっと覚えていたように思ったが……小説と実際に起きていることがかけ離れてしまっているせいだろうか。

前世での生活のことなどはよく覚えているのに、ゲームや小説に関しては、最近特に思い出しにくくなっていた。だからなのか、アルフォンスの言葉を聞いて小説でハルトヴィヒが死んだということは思い出したのに、その原因は思い出せなかった。

「意味が分からないな」

冷めた口調でアルフォンスが言った。

「内容もだが、なぜそんなことを突然言い出したのだ」

「以前から問題行動は多かったのですが、夏休み明けから妄想発言が増えたそうです」

「妄想？　自分が聖女だというものか」

「はい」

「そもそも聖女などという存在はあるのか？」

アルフォンスは一緒に報告を聞いていた司祭長を見た。

「他国では分からぬが、我が国でそういう存在があったことはないはずじゃ。強いて言うならば女神の神託にあった『空の乙女』がそれに当たるであろうが……それも初めてのことじゃからな」

「――それから」

フランツィスカは口を開いた。

「『悪役令嬢がいない』と言っているそうです」

「悪役令嬢？」

「なんでも聖女の障害になる存在だそうで……」

フランツィスカはミナへと視線を送った。

「宰相の娘でアルフォンス殿下の婚約者だそうです」

「なに？」

「その悪役令嬢が存在しないから自分の力が発揮できないのだと」

「……どういうことだ」

アルフォンスは困惑したようにミナを見た。

「宰相に娘がいることは未だ明らかになってはいないはずだ」

「――ハイデマリーと同じだわ」

アンネリーゼが口を開いた。

「彼女の立場ならば知るはずのないことを知っているの。政治的なことや、個人的なことだったり……そうやって人の心につけ込んでいくのよ」

「だがローゼリア・リーベルは宰相の娘がミナだということは知らないのだろう」

アルフォンスの問いに、ミナはこくりと頷いた。

「どうしてミナはその娘に襲われたの？」

アンネリーゼが尋ねた。

「……それは……私の立場が……本当ならば彼女のものだと」

「それは同じクラスの子たちにも言っていました」

ミナの言葉をフランツィスカが継いだ。

「本当ならば自分が高い回復魔法を持ち、一組に入るはずだったと」

「まったく意味がわからないな」

アルフォンスは深くため息をついた。

「なんだか……気味が悪いです。本当のことと嘘が入り混じっていて」

フランツィスカはため息をついた。

「ともかく、急ぎその娘を教会に連れてきた方がよいな」

司祭長は一同を見渡した。

「たとえ嘘とはいえ、これ以上妙なことを言われたら問題だ」


夕方。ミナは図書室で探した本を手に、部屋へ戻りながら昼間の話を思い出していた。

(ローゼリアに……夏休みの間、なにかあったのかしら)

突然前世の小説のことを周囲に語りはじめたローゼリア。

そしてミナを襲おうとした黒い影。

ミナが夏休みに色々あったように、彼女の身にもなにか起きていたのだろうか。

「戻りました」

「お帰りなさい」

部屋へ戻ると、アルフォンスから預かった本を読んでいたアンネリーゼが顔を上げた。

「ごめんなさいね、一人で行かせて」

「いえ。読み終わったのですか」

「ええ」

アンネリーゼはぱたんと本を閉じた。

「不思議ね、子供の時に読んだ時はとても怖かったのに。今読み返すと怖いことは書いていないのよね」

「何歳ごろに読んだのですか？」

「そうね……六歳くらいだったかしら」

「──そんな小さい時にもう……婚約していたのですか？」

「そうね、婚約したのは五歳の時だったわ」

アンネリーゼは小さく苦笑した。

「婚約も、結婚の意味もわからない間に引き合わされて。それからは毎日のように王宮でお妃《きさき》教育を受けていたわ」

「それは……大変だったんですね」

ミナは思わずため息をついた。

「あなたも人ごとではないのでしょう？　アルフォンス殿下と婚約の話が出ていると聞いたわ」

「……はい……」

ミナは目を伏せた。

「でも……今はそれどころではないですし……それにいきなり婚約とか言われても……」

ミナにかけられた邪神の呪いや女神の神託のこと。優先すべきことは沢山ある。それに家に戻り、貴族として生きる覚悟すらまだないミナに、王子と婚約などいわれても戸惑うだけだ。

「そうね、半年前のミナは平民の孤児だったものね」

「はい……」

「でも私たちの気持ちなど関係なく話は進むわ。貴族の婚姻とはそういうものよ」

個人ではなく家同士の結びつきや政治的な事情を優先する、それが貴族だ。それはミナとてわかっている。けれど自分のこととなると、実感が湧かないのだ。

「でも……アルフォンス殿下は将来国王になる可能性が高いわ。そうなったらミナは王妃になることになるわね」

「……王妃……」

アンネリーゼの言葉にミナは唖然とした。――アルフォンスとの婚約の先に、その可能性があるということまで想像できていなかったのだ。

「それは……無理です……」

いくらなんでも王妃など、ミナには無理な話だ。

「シスター……どうしましょう……」

「そうね……殿下との婚約が決まる前に他の人と婚約するのも手よね」

「他の人……」

「例えばエドモント様とか」

ミナを見つめてアンネリーゼは言った。

「殿下の前では言わなかったけれど、エーミール様が言っていたの。ミナをアーベントロート家に迎えられたらいいって。エドモント様が望んでいるそうよ」

「……それは……本人から言われました」

「まあ、そうだったの」

ミナはアンネリーゼに、エドモントとのことを話した。

「エーミール様はね、王家の意向に反することはできないけれど、弟の望みも叶えてあげたいんですって。……自分の代わりにエドモント様が家を継ぐことになったことに負い目を感じているようね」

そう言って、アンネリーゼは目を細めた。

「エーミール様も、昔より周りが見えるようになったのね」

「……そうなのですか」

「学生の頃は魔法の研究ばかり考えていたわ。あの人とミナを近づけるのは不安だったけれど、今のエーミール様なら大丈夫かもしれないわ」

今では遠くなってしまったミナの記憶の中で、ゲームでのエーミールは確かに魔法のことばかりだったように思う。魔女の事件から五年が経ち、皆それぞれ成長して、変化したのだろう。

エドモントも、そしてアルフォンスも。嫌な人たちではないけれど。

「私……本当に貴族と婚約して……結婚しないとならないのでしょうか」

「――ミナが宰相家の娘で『空の乙女』である以上、平民と結婚するのは無理でしょうね」

それは、兄が言っていたように立場の強い相手と婚約することでミナを護るという意味も含まれるのだろう。これも邪神から国を護るために必要なこと。そう、頭ではわかっているけれど――。

「確かに、ミナが平民として生きていきたいという願いを叶えるのは難しいでしょうね。でも婚約に関しては、どうしても嫌ならばやめてもらえるかもしれないわ」

「そうでしょうか」

「どうしても無理ならばね。――アルフォンス殿下とエドモント様、どちらも本当に嫌？」

「……嫌という訳ではありませんが……」

ミナは目を伏せた。

二人とも、共に魔法を学び戦う仲間として信頼している。けれど婚約や結婚となると……そういう目で見たことがなかったし、どう判断すればいいのかも分からない。

「――ミナはまだ恋をしたことがないのね」

アンネリーゼの言葉にミナは頷いた。

「貴族の結婚に恋愛感情は必要ないものだけれど……それでも相手に愛情が持てた方がいいわ。誰と婚約するにしても、相手を好きになれたらいいわね」

「……はい……」

アンネリーゼの言葉に実感は湧《わ》かないけれど。ミナはもう一度頷いた。

「そういうシスターは……ハルトヴィヒ殿下とは、お互い好き合っているんですよね」

「え？」

ミナの問いにアンネリーゼは一瞬目を見張ると、すぐに視線を泳がせた。

「……それは……昔はまあ……そういう頃もあったけれど……」

「今もですよね？　この間教会でだき……」

「あ、あれは！」

抱き合っていましたよね、と言いかけたミナの言葉をアンネリーゼは慌てて遮った。

「――あの時は……懐かしさで思わず受け入れてしまったけれど……。今の私はもう貴族ではないもの。もう終わったことだわ」

「……でも……殿下は今でもシスターのこと、好きだと思います」

王宮で会った時に、自分には心に決めた人がいると言っていたハルトヴィヒの瞳は、アンネリーゼを見つめる眼差しと同じだった。

「好きという気持ちだけでどうにかなるものでもないのよ」

アンネリーゼは言った。

「王太子ではなくなったとはいえ、王族であることに変わりはないもの。殿下には自分の立場を弁えていて欲しいの……また同じ過ちを繰り返さないために」

「過ち……」

「――魅了されていたとはいえ、私利で婚約を破棄したりして国を混乱させた事実は変わらない……その罪を償うために今、殿下は最前線で魔物と闘っている。それを私という存在で邪魔してはいけないの」

自分に言い聞かせるようにアンネリーゼは言った。

「私の望みは邪神の件が解決して、この国が平和になって一人でも孤児が減ること。そしてハルトヴィヒ殿下も邪神の呪いから解放されて欲しい――聖女だかなんだか知らないけれど、間違っても死んでなどならないわ」

「シスター……」

「大体、誰かが死なないと覚醒しないなんてそんなの聖女ではないわ。そうでしょう？」

「はい」

怒気を含んだアンネリーゼの言葉に、ミナは大きく頷いた。――そうだ、たとえ小説の中ではそうだったとしても、現実の世界でハルトヴィヒを死なせてはならない。

ミナは強くそう思った。

（でも……本当に小説ではハルトヴィヒ殿下が死ぬことでローゼリアの力が覚醒するのだとしたら……）

夜、横になったけれど眠れず、ミナは部屋から出ると教会の中庭へと出た。

ベンチに腰掛け、月明かりに照らされた庭を見つめながらローゼリアが口にしていたということを考えていた。

(本当のローゼリアは私で……。もしもハルトヴィヒ殿下の死で私の力が解放されるとしたら――)

ミナは首を横に振った。アンネリーゼの言っていたとおり、誰かを犠牲になどしてはならない。

(私が……自分自身で呪いを解いて、女神の力を使えるようにならなければ)

女神はもうじきだと言っていた。その前にハルトヴィヒが死ぬようなことがあってはならない。

(どうして……小説のことを思い出せないのだろう)

いつ、どんな状況でハルトヴィヒの身に危険が迫るのか。それがわかれば対策も立てられるのに。

ふと、ミナは人の気配を感じて振り返ると、アンネリーゼが立っていた。

「眠れないの? ミナ」

「はい……」

アンネリーゼはミナの隣に腰を下ろした。

「どうしたら……早く私にかけられた呪いが解けるのだろうと思いまして」

「――『両親に愛されない』という呪いだったわね。でも今はもう、ご両親はミナのことを愛してくれているのでしょう?」

「……はい……でも私はまだ、女神に与えられたという力を使えません」

本当に呪いが消えたのならば、力も使えるはずだ。

「そうね……。ミナの心の傷がまだ癒《い》えていないからかもしれないわね」

「心の……」

「特に幼い頃に受けた傷はそう簡単に消えるものではないわ。それに」

アンネリーゼはミナを見つめた。

「あなたはまだ、ご両親が苦手なのでしょう」

「……はい」

ミナは俯いた。両親——特に母親とはまともに会話もできないのだ。

「ご両親との間にあるわだかまりが少しでも解消されれば、力も使えるようになるかもしれないわ」

「そう……ですね」

確かに、正直ミナはまだ彼らを本当の家族とは思えていない。

ミナにとって家族とは、ミナを助けてくれた行商人夫婦であり、孤児院の仲間たちなのだ。この歪な関係を直さない限り、呪いは解けないのかもしれない。

「明日……お母様と向き合ってみます」

ミナは顔を上げるとアンネリーゼを見た。

明日は侯爵家に行くことになっていた。そこできちんと話してみよう、ミナはそう思った。

「そう。無理はしないでね」

「はい」

自分を励《はげ》ますようにミナは笑顔で頷いた。

「おかえりなさい、ヴィルヘルミーナ」

ミナが屋敷へ入ると母親のカサンドラが笑顔で出迎えた。

「ただいま……帰りました」

向き合う覚悟を持って帰ってきたつもりだったけれど、いざ顔を合わせるとどうしても身構えてしまう。ぎこちない笑顔でミナは返した。

「お父様とアルトゥールは仕事で王宮なの。夕食には間に合うよう帰ると言っていたわ」

「はい……」

「……お茶の用意をするから、着替えていらっしゃい」

ぎこちないミナにつられたように、やや表情を固くしてカサンドラはそう言った。

自分の部屋へ入ると、侍女たちの手によって制服からドレスへと着替えさせられ、髪や化粧も整えられる。──鏡に映る自分が『平民のミナ』から『侯爵令嬢ヴィルヘルミーナ』へと変化していくのをミナは眺めていた。

(見た目は貴族なんだけど……中身が伴わないのよね)

アンネリーゼの指導で仕草はそれらしく振る舞えるけれど。豪華な調度品の並んだ広い部屋やドレスにアクセサリー、そして侍女に世話をしてもらうのも落ち着かない。

どうしても心は平民の感覚が抜けない、けれど──。

(これにも慣れないと)

鏡の自分を見つめてミナは改めて決意した。


「教会での生活は大丈夫なの？」

着替え終わったミナは、ティールームで母親と二人、向き合っていた。

「はい……」

「不自由なことはない？」

「はい……皆さんよくしてくれます」

向かい合わせに座っているけれど、顔を見る勇気がなくてミナは視線をティーカップに向けたまま答えた。

「そう、それならば良かったわ」

心から安堵したような声が聞こえた。

「でもなにか困ったことがあればなんでも言ってちょうだい」

「……はい……」

「ヴィルヘルミーナ」

カサンドラは手にしていたティーカップを置いた。

「こんなことを言う資格はないけれど……私は母親としてできることをしたいと思っているの」

「──はい」

「だから遠慮しないで、なんでも言ってちょうだい。欲しいものでも、私への恨み言でも、どんなことでもいいの」

とにかく会話が必要なのだと、アンネリーゼにも言われていた。上手く伝えられなくてもいいから、話すのだと。

「……はい……あ、あの。……お母様」

意を決してミナは顔を上げた。

「私……力を使えるようになるために……その、家族との関係を……直さないとならなくて」

言葉を詰まらせながら、ミナはカサンドラに自分の状況を説明した。

呪いの源が母親との関係であることから、それを解消しないと呪いから解放されないであろうこと。そして、自分の母親に対する気持ちのこと。

「そう……」

ミナの話を最後まで聞くと、カサンドラは思案するようにしばらく考え込んでいたが、改めて姿勢を正すとミナに向いた。

「ごめんなさいねヴィルヘルミーナ。私のせいであなたをずっと苦しめて」

「……いえ……お母様のせいではありません……」

ミナは首を横に振った。母親も邪神の呪いによってミナを憎むよう仕向けられていたのだ。悪いのは母親ではない。

「それでも、私は母親としてあなたを守らなければいけなかったの」

ミナを見つめてカサンドラは言った。

「どんな事情があっても……あなたを傷つけてはならなかった」

「……お母様……」

「本当に、あなたにはずっと苦しい思いをさせて。謝って済むはずもないけれど……本当にごめんなさい」

「いいえ……」

「……こちらへ来てくれるかしら」

促され、ミナは立ち上がるとカサンドラの側へと寄った。恐る恐る隣へと腰を下ろしたミナへと手を伸ばし、カサンドラはそっとその髪へ触れた。

「綺麗な黒髪ね。――どんな髪色でも……あなたは私の娘なのにね」

「……お母様……」

「ごめんなさい……ヴィルヘルミーナ」

壊れ物を扱うように。カサンドラはミナの身体をそっと抱きしめた。

温かな感触と、甘い花の香り。それは初めてなのに──どこか懐かしさを感じさせた。

「ずっと、こうやって……あなたを抱きしめたいと思っていたの」

カサンドラはゆっくりと腕に力を込めた。

「あなたがいなくなって……忌まわしい声が聞こえなくなって、目が覚めたあの日から」

「……お母様……」

──ああ、母もずっと苦しんでいたんだ。

ミナが生まれた時から虐げられ、家を離れてからも慣れない生活に苦労したり、孤児院で他の子供たちに揉まれていた時に。母もまた──邪神の呪いの声に。それから解放されたあとは罪の意識に。

自分が母親を恐れながらも心の奥でその愛情を求めていたように、母親もまたミナを探し、求めていたのだ。

そう気づいた瞬間、ミナは胸の奥がふ、と軽くなったように感じた。

「お母様……」

悲しみと、苦しさと、安堵と。

様々な感情が胸にこみ上げてきて抱きついたミナを、カサンドラは強く抱きしめ返した。

「今年の最初の舞踏会でヴィルヘルミーナの披露目をしようと思っている」

夕食の席で父親のブライアンがそう言った。

「最初の舞踏会……？」

「社交界にデビューする者は、十二月からの社交シーズンの最初に王宮で開かれる舞踏会に出席する決まりがあるんだ」

アルトゥールがミナに説明した。

「そこで国王陛下夫妻に挨拶して、初めて社交界の一員として、つまり大人として認められるんだよ」

「え……そんな急に……？」

十二月といえばあと三ヶ月しかない。

披露というからにはヴィルヘルミーナとしての存在を明かすことになる。今後学園にも、侯爵令嬢として通わなければならなくなるのだろう。――だがミナはまだ心の準備ができていないのだ。

「社交界に入れるのは十六歳以上。お前は今月で十七になるだろう。来年だと十八歳、それでは遅いからな」

ブライアンが言った。

「最初の舞踏会のあともあちこちで夜会や舞踏会が開かれる。社交界に入った以上参加しない訳にはいかないが、どの会に出るかは厳選するからそう心配しなくとも良い」

「……はい……」

確かに、一年に一回しか機会がないのならば仕方ないのかもしれない。ミナは観念したように頷いた。

「ところでミーナ。ダンスは踊れる？」

「え……いいえ、まったく」

兄の問いかけにミナは首を大きく横に振った。孤児院でアンネリーゼから所作やテーブルマナーなどは教わったが、ダンスまでは習わなかったのだ。

「それじゃあ練習しないとね」

「……踊らないとならないのですか」

「ダンスは社交に欠かせないものだよ。そこでの立ち振る舞いは個人や家の名誉だとか、派閥の関係にも関わってくる。踊りの技術はもちろん、誰と踊るかや踊っている時の会話術など、色々学ばないとならないことがあるんだよ」

「そ……うなんですか」

舞踏会というものがあるということは、聞いたことはあるし前世でも映画などで見たことがある。ただくるくる回るだけなのかと思っていたけれど、そのような政治的なことまであるとは。

「そうね、それにドレスも仕立てないとならないわね」

「ドレス……？　この間作ったのではないですか？」

母親の言葉にミナは首を傾げた。

夏休みに滞在した時、ドレスを作るからと職人を招いて寸法を測ったり生地を選んだりしていたのだ。何着も作ると聞いていたのにまだ必要なのだろうか。

「あれはお茶会や昼用のドレスよ。社交界に出るならば夜用のドレスも仕立てないとならないわ。特に最初の舞踏会では、女子は白いドレスを着る決まりがあるの。先ずはそのドレスね」

「はあ……」

ドレスなど、決して安いものではないだろう。それを何着も用意しなければならないとは。それに恐らく、ドレスに合わせてアクセサリーや靴なども幾つも用意する必要があるのだろう。

（いったい……どれくらいのお金がかかるのかしら）

庶民の感覚が抜けないミナにとって、それは想像するのも恐ろしいことだった。

「――それでだな、ヴィルヘルミーナ」

ワインで喉を湿らせると、ブライアンは再びミナを見た。

「その舞踏会までに、お前の婚約者を決めたいと思っている」

「え……」

社交界デビューの話だけでもいっぱいなのに、更なる父親の言葉にミナは目を見開いた。

「ごめんね、色々と急がせて。でもミーナを守るためなんだ」

アルトゥールが言った。

「宰相家に娘がいると知れ渡れば、当然縁を結びたいと望む者が多く出てくる。正式に申し出があればいいけれど、中には強引な手を使ってミーナを手に入れようとする者もいるかもしれないんだ」

「……強引……」

「だから披露目前に強力な婚約者を立てることでミーナを守る必要があるんだ。わかってくれるね？」

「強力って……もしかして……アルフォンス殿下ですか……？」

「そうだな、殿下が今のところ最有力候補だ」

ブライアンは頷いた。

「……あの……殿下は……国王になる可能性が高いのですよね」

恐る恐るミナは尋ねた。少し前まで平民として生きていたミナが、王妃になどなれる気がしない。

「そうなったら……私は……」

「お前の不安はもっともだし、私もそこを懸念《けねん》している」

ブライアンは小さくため息をついた。

「だが現状、お前以外に殿下に相応《ふさわ》しい相手がいないのも事実だ。あとは他国の姫君を娶《めと》るという方法もあるが……実はアルフォンス殿下が王太子になることを拒んでいるのだ、兄のハルトヴィヒ殿下の方が相応しいと」

「確かにハルトヴィヒ殿下は幼い頃から国王となる教育を受けてきた。けれど魔女に魅了された結果、多くの災いを国にもたらした殿下が国王となるのには相応しくないという声も多いんだ」

アルトゥールが言葉を継いで説明した。

「この国のことを考えれば、光魔法を持つアルフォンス殿下が王になるのがいいんだけれどね……」

貴族の世界のことはミナにはわからない。けれど確かに、ミナを育ててくれた夫婦も、彼らと暮らした町や他の地域でも、多くの人々が疫病や魔物によって命を落としたのだ。

ミナ自身はその原因の一つであるハルトヴィヒを恨んだことはないが、彼らに対する、庶民からの恨みや憎しみの声は何度も耳にしたことがある。

「アルフォンス殿下は……そういった声を知らないのでしょうか」

「――知らないことはないが、兄が否定されていると認めたくないのだろう」

「昔から仲のいい兄弟だからね。そういう所はアルフォンス殿下もまだ子供だ」

ブライアンとアルトゥールは困ったように顔を見合わせた。

アルフォンスにとっては良き兄であるが、他の貴族や庶民にとっては決してそうではない。多くの命を失わせたハルトヴィヒが国王になれば、恐らく国は乱れるであろう。

「だからミーナがアルフォンス殿下の婚約者となり、殿下が王太子になったら、王妃としての立ち振る舞いだけでなく、殿下を心でも支えることが必要になるんだけれど――ミーナにはできるかな？」

「それ……は……」

自分のことだけで手一杯なのに、王妃という貴族の頂点に立つ存在になど……まして王の心の支えになどなれる気がしない。ミナは首を横に振った。

「この婚約話は国王が望んでいるし、なによりこれまで頑なに婚約を拒み続けてきたアルフォンス殿下が乗り気だ。宰相の立場から言えば進めたい所だが……父親としてはこれ以上、お前に苦しい思いをさせたくない」

ブライアンはため息をつくとワイングラスに手を伸ばした。

「お前が幸せになれる相手の所に嫁がせられれば良いのだが……」

「他にヴィルヘルミーナのお相手になれそうな方はいないのですか？」

カサンドラが尋ねた。

「――実はアーベントロート侯爵から内密に打診が来ている。嫡男の婚約者として是非にと」

「……魔術団長の？」

「エドモントとは学園で同じクラスなんだろう？」

アルトゥールの問いにミナは頷いた。

「エーミール殿からミナの素性を聞いたらしくてね。エドモントもミナを望んでいるそうだ」

「アーベントロート家は同じ侯爵家、家柄的にも問題はない。エドモントに嫁げば侯爵夫人として社交に出なければならなくなるが、王妃となるよりは負担も軽いだろう。ヴィルヘルミーナ、アルフォンス殿下とエドモンドだったらどちらがいい？」

「……どちらと言われても……」

父親の問いにミナは目を伏せた。

「私……まだ自分が貴族だという自覚が持てなくて……婚約とか……そういうことまで考えられない

んです……」

女神の神託の話を聞くまで、ミナはたとえ家族と和解しても平民として生きていくつもりだったのだ。ミナの置かれている立場的に貴族になることは仕方ないのだろうけれど……王妃だの侯爵夫人だのと、そこまで考えるのはさすがにまだ無理だ。

「――そうか、そうだな。確かに性急過ぎたな」

「いえ……」

「婚約の話はお披露目までに決めればいいのでしょう」

カサンドラは夫を見た。

「もうしばらく考えてみていいんじゃないかしら」

「ああ……そうだな」

「父上。困らせることばかりでなく喜ぶことも教えてあげないと」

「ああ、そうだった」

ブライアンは懐から一通の封筒を取り出した。

「誕生日プレゼントの手続きが終わった。これは目録だ。本当にこれでいいのだな」

「はい……！」

目録を受け取るとミナはようやく顔を輝かせた。

今月の誕生日に欲しいものはないかと聞かれたミナだったが、何着も仕立てた服やアクセサリーとはまた別に用意すると言われ、そんなにもらえないと一度は拒否をした。だがどうしても贈りたいと言われ、ミナがいた孤児院への寄付を望んだのだ。

疫病や魔物の影響で孤児も増え、孤児院はどこも経営が厳しい。食糧は畑を耕したり、山へ採りに行くなどして賄っていたが、最近は魔物が増えそれもままならなくなっているという。田舎の孤児院では教会への寄付金くらいしか収入もなく、大変だと神父やリゼが言っていたのだ。

ミナの誕生日プレゼント分と、これまで世話になっていたお礼を含めて。一度に贈るのも悪影響があるかもしれないと、十年間、毎年寄付することになったのだ。

「……ありがとうございます、お父様」

ミナは目録を開くとそれを見つめた。これだけあれば、食品などの必需品だけでなく、新しい服や本なども十分買えるだろう。

(家に帰ってきて……良かった)

嬉しそうに目録を見つめるミナを、家族もまた嬉しそうに見つめていた。

「ミーナ。母上と和解できたのかい」

夕食後、部屋へ戻ろうとしていたミナをアルトゥールが呼び止めた。

「え……?」

「ずいぶんと打ち解けて話をしていたようだったから」

「——そう……ですね」

言葉を探すようにミナは視線を泳がせた。

「……苦手意識は……減ったと思います」

母親も自分と同じように苦しんでいた。そう気がついてから、ミナは心がずいぶんと軽くなったのを感じた。母親との接し方は正直まだよくわからないけれど、前よりはスムーズに会話が交わせるようになったと思う。

「そう。それは良かった」

アルトゥールは安堵の笑みを浮かべた。

「母上が一番後悔していたからね」

(ああ……そうだ。お兄様も……お父様も。皆苦しんでいたんだ)

頭ではわかっていたつもりだったけれど。実感として初めて心から理解できたように思えた。

ミナの家族だけではない。王家の人々も、アンネリーゼも、エドモントの家族も。貴族だけではなく……この国の全ての人々が邪神のせいで苦しんでいる。

彼らをその苦しみから解放するために、自分はこの世界に生まれたのだ。

入学して前世の記憶を取り戻してから流されるようにここまできたけれど、ようやくミナは、自分の歩いていく道の先に光が灯るのを感じていた。

「ミーナ。いい表情をしているね」

そんなミナを眺めながらアルトゥールは言った。

「……そうですか?」

「うん、幼い時よりはずっと明るくなったとはいえ、いつもどこか困ったような顔をしていたけれど……今はなんだかスッキリした顔をしているよ」

「——そう……ですね。お母様とちゃんと話ができて……目の前が晴れたように思います」

ミナは自分の胸に手を当てた。

胸の奥が温かいような、なにか力が湧き上がってくるような感覚があるのだ。

「そうか。本当に良かった」

ぽん、とミナの頭に手を乗せるとアルトゥールは幼子にするように優しく撫でた。

「これからミーナがフォルマー家の娘として生きていくには覚えないとならないことも沢山あるし、大変だと思う。……苦労させると思うけれど、それでも、私たちはミーナに幸せになって欲しいと思っているからね」

「……はい。ありがとうございます」

「だから先刻の話に出ていたアルフォンス殿下との婚約の話だけれど。本当にミーナが嫌ならば断るから安心して」

「……できるのですか？」

「うちは宰相家だからね。それなりに権力はあるんだ」

アルトゥールは笑みを浮かべた。

「結婚はしないとならないけれど、結婚相手はなるべくミーナの希望に沿うようにするから」

貴族の結婚は、血を繋ぎ、家同士を繋ぐために欠かせない、義務なのだという。それはアンネリーゼからも聞いていたし、ミナも理解している。

いつかは自分も貴族の娘として結婚しなければならないのだろうけれど、だからといって王妃というのは……さすがに抵抗がある。

「……そういうお兄様は……どうしてフランと婚約したのですか」

「父上が宰相になったからだね。うちに取り入ろうとしたり、逆に取り込むために娘と私を婚約させようとする家が多くて。――あの頃は貴族社会も混乱していたんだ」

疫病や魔物の増加で国内に多くの被害が出る中、王太子の廃位、当時の宰相の失脚など多くの出来事があった。

まだ十一歳と幼いアルフォンスを兄に代わり王太子とし、担ごうとする勢力もあった。そのアルフォンスを守り、国政を安定させるために宰相家の息子と、代々侍従として仕え王家への忠誠心の厚いバウムガルト伯爵家の娘を婚約させることにしたのだ。

「お兄様は……フランのことをどう思っているのですか？」

政略のための婚約ならば、当人同士の感情は無関係なのだろう。

「そうだね。――ミーナの代わりのように思っていたよ」

「私の？」

「同じ年齢だったからね。妹がここにいれば今はこれくらいに成長して、こんなことを考えたりしていたんだろうなって。私にとって彼女は妹のようなものだね」

「……そうだったんですか」

「だからミーナとフランツィスカが仲良くなってくれて嬉しいんだ」

そう言ってアルトゥールは笑顔を見せた。

「ミーナ同様、フランツィスカにも幸せになって欲しいと思っているよ」

だからフランツィスカが魔法学園に入ることを反対しなかったのだろうか。政略結婚である以上、婚約解消はできないけれど、結婚するまでは彼女の自由にさせようと。

「私も……フランがお兄様の婚約者で、嬉しいです」

初めてできた貴族の友人が家族になる。それはミナにとって、とても心強いものだった。

「殿下……どうしてここに」

ハルトヴィヒの姿を見てアンネリーゼは顔を強張らせた。

「なぜ自分が死ぬのか気になるだろう」

こともなげにハルトヴィヒはそう笑顔で答えた。

司祭長によるローゼリアの尋問を行うことになり、エーミールとアンネリーゼ、そして万が一の時に光魔法でローゼリアを抑えるためにアルフォンスが立ち会うこととなった。ミナは先日襲われたため隣の部屋で控えるのだが、その部屋にハルトヴィヒが現れたのだ。

「すみません……どうしても来ると聞かなくて」

申し訳なさそうにエーミールが言った。

「ミナと共に別室にいるならという条件を付けましたので」

「――絶対に出てこないでくださいませ」

眉をひそめ、いつもより低い声でアンネリーゼは言った。

「ああ、分かっている」

そう答えるとハルトヴィヒは小さな窓辺へと歩み寄った。カーテンを開けると隣の部屋が見える。

小さな祭壇がある部屋には三人の男女が座っていた。

「あれが例の女生徒か。……特に禍々しさは感じないな」

他の二人は共に呼び出したローゼリアの両親だ。こちらに背を向けているためローゼリアの表情はわからないが、両親は落ち着きがなさそうにそわそわしている。

この部屋は暗くしてあるのと、窓ガラスに色がつけてあるので向こうの部屋からはほぼ見えないという。

「リゼ嬢の風魔法で、向こうでの会話はこちらに聞こえるようにいたします」

エーミールが言った。

「ああ」

ハルトヴィヒは振り返るとアンネリーゼに笑顔を向けた。

「頼んだよアンネリーゼ」

「私は『リゼ』です」

アンネリーゼは目を吊り上げた。

「いいですか。絶対に出て来ないでくださいね」

「分かっているよアン……リゼ」

ハルトヴィヒを一瞥すると、アンネリーゼはため息をついてミナを見た。

「ミナ。殿下を見張っていて」

「はい……」

アンネリーゼたちが部屋を出ていくのを見送ると、ミナは笑顔のままのハルトヴィヒを振り返った。

「……楽しそうですね？」

「懐かしくてね。よくああやって小言を言われていたんだ」

ハルトヴィヒは目を細めた。

「彼女の小言は私のためを思ってのものだから心地良いものだったんだけど……少し煩わしく思うようになってきてね。――その頃だったな、あの魔女が学園に入ってきたのは」

ふと真顔になると、ハルトヴィヒは再び窓の向こうへと視線を向けた。

「……少しの心の隙が相手につけ込まれ、時に取り返しのつかないことになる。そう学んできたはずだったのにね」

「殿下……」

「——過去は取り消せないけれど、これから起きる可能性のある未来は変えることができる。そうだろう？　ミナ」

「はい」

大きく頷くと、ミナもハルトヴィヒの隣へ立ち窓の向こうを覗き込んだ。

「え……エーミール様⁉」

部屋に入ってきた一同を見てローゼリアは黄色い声を上げた。

「やだ！　ゲームよりずっとイケメンじゃない‼」

「『いけめん』とはなんだ？」

部屋の様子を見ていたハルトヴィヒが呟いた。

「見た目が良い男性のことです……」

ミナは答えた。

「ゲームよりというのは？」

「……さあ……」

（やっぱり……ローゼリアはゲームもやっていたのね）

小説を知っているということは、もちろんその元となっているゲームも遊んでいたのだろう。

（そうなると……シスターのこと、バレないかしら）

今日のアンネリーゼは万が一身元がバレるのを防ぐために深くベールを被っているが、言動などでローゼリアに気づかれるかもしれない。一抹の不安を感じながらミナは隣室を見つめた。

「ゲームとはなんのことかな」

にこやかな笑みを浮かべてエーミールはローゼリアに尋ねた。

「はい……！　この世界を元にしたゲームで、私、エーミール様推しだったんです！」

「こ、こらローゼリア！」

ローゼリアの父親、リーベル男爵が慌てて娘の肩を摑んだ。

「申し訳ございません……！　娘は学園に入学してから妙なことを口走るようになりまして……」

「入学してから？」

「はい、私思い出したんです！　私がこの世界を救う聖女なんだって」

目を輝かせながらエーミールを見つめてローゼリアは言った。

「……その聖女というのはなんなのだね」

司祭長が口を開いた。

「聖魔法で国を魔物から救うんです！　それでアルフォンス様と結ばれるんですけれど……でも私ホントはエーミール様の方がずっとタイプだし……」

「ローゼリア！」

「申し訳ございません……娘はどうも夢と現実の区別が付かなくなっているようで……」

「夢じゃないもの！」

両親が慌てて制すると、ローゼリアは頰を膨《ふく》らませた。

「私知ってるんだから！　ここは小説の世界で私がヒロインなの！」

「魔女の時と似ておるの。あの娘もここがゲームの世界だの、自分が主役だのと言っておったわ」

司祭長が呟いた。

「……あの娘も魔女なのか？　だがそれにしてはマリーの時のような存在感というか……他の者と違うようなものは感じないが」

ハルトヴィヒはその顔に困惑したような色を浮かべた。

「それにしても、この世界が小説だのゲームだの、どういうことだ？」

（どうしよう……）

伝えるべきだろうか、ミナも知っていることを。けれど最近、不思議なくらい急速にゲームや小説の記憶が薄らいでいるのだ。

本当に前世で自分がそれらを遊んだり読んだりしていたのか……ミナは自信がなくなっていた。

「――それで、お主が聖女とやらで国を救うとして。ハルトヴィヒ殿下が死ぬと吹聴しておるようじゃな」

司祭長の言葉にリーベル男爵夫妻はその顔をますます青くした。

「はい。国を救うための犠牲になるんです」

こともなげに言ったローゼリアに室内の空気が凍りついた。

「……ちなみにそれは……どういう状況で殿下が亡くなるのかな」

笑みを消したエーミールが尋ねた。

「魔術団の要請で討伐に行くんです。その時に魔物の大群に襲われて。そして私が聖女の力に目覚めて魔物を壊滅させるんです！」

目を輝かせながらも、淡々と語るローゼリアの言葉にはどこか抑揚がないようだった。

「……違う……人みたい」

「ミナ？」

無意識に声に出したミナにハルトヴィヒが首を傾げた。

「……ローゼリアとは数回しか接したことがありませんが……表情とか……その時の彼女とは別人のようで……」

ローゼリアの両親も、まるで異様なものを見るような眼差しで娘を見つめていた。

「ローゼリア・リーベル。君は自分がなにを言っているのかわかっているのか」

アルフォンスが口を開いた。

「王家だけでなくこの国を侮辱しているのだぞ」

「でも事実なんです」

「その根拠はなんだ」

「そうなると決まっているからです」

「……話にならないわ」

小さなため息と共にアンネリーゼが呟いた。

「まだハイデマリーの方がまともだったわ」

ローゼリアがアンネリーゼを見た。

『――生きておったか、忌々しい小娘め』

ローゼリアの声とは思えない、低い声が響いた瞬間。

一筋の黒い光がアンネリーゼの胸を貫いた。

「アンネリーゼ！」

部屋を飛び出したハルトヴィヒのあとをミナも慌てて追った。

隣室へ飛び込むと、床に倒れたアンネリーゼとその傍に膝をついたエーミール、そして剣を抜きローゼリアと対峙するアルフォンスの姿があった。

「アンネリーゼ……！」

「ミナ！　回復魔法を！」

「はい……！」

エーミールの声にミナは慌ててアンネリーゼの側へと駆け寄った。

『我が力に回復魔法など効かぬわ』

に、とローゼリアは口端を上げた。

「お前……邪神か」

剣先をローゼリアに向けてアルフォンスが口を開いた。

「その娘に取り憑いているのか」

『まったく、なかなか上手くいかぬの。ハイデマリーの時はいま少しという所で小娘の存在のせいで、王太子の目が覚めおったわ』

床に倒れたアンネリーゼを忌々しげに見つめてローゼリアは言った。

『このローゼリアはおつむも魔力も弱くての、ろくに魔法も使えぬ』

「シスター……」

ミナはアンネリーゼの手に触れた。ひどく冷たい、生気の感じられない青白い肌に最悪の状況を想像して震えそうになるのを堪えながら、強くアンネリーゼの手を握りしめるとミナは魔力を注ぎ込んだ。

「っ……」

息を呑んだミナを不安そうにハルトヴィヒが見た。

「ミナ？」

「魔法が……弾かれた……？」

リゼへと魔力を送り込んだ瞬間、壁のようなものにぶつかり拒絶された感触があったのだ。

『無駄と言っておるであろう』

ローゼリアが嘲笑った。

『その小娘には心を閉じ込める呪いをかけてやったわ。呪いに回復魔法は効かぬ。女神の力を使えぬお主に呪いは解けぬわ』

「貴様……」

ハルトヴィヒが身を震わせた。

『ふ、悔しいか王子。お主にはなにもできぬ。惚れた女が朽《く》ちていくさまを指をくわえて見ておるがよい』

（そんなの……ダメだ）

自分が力を使えないせいでアンネリーゼが死ぬなど。これ以上——呪いで誰かが苦しむことは。

（女神……！）

手を組むとミナは心の中で強く叫んだ。

（力を貸してください！）

「お願い……！」

ミナの身体が水色の光に包み込まれた。

『この力……おのれ』

ローゼリアの手が黒い光を帯びた。

「ミナ！」

アルフォンスが振り上げた剣が金色に輝く。

三色の光がぶつかり合った瞬間、室内は真っ白な光に満ちあふれた。


ゆっくりと光が消えていった。

「――ミナ！」

全員が強い光に目が眩む中、最初に動いたのはアルフォンスだった。うずくまるミナへと駆け寄るとその肩に手を乗せる。

「大丈夫か」

「……は……い」

頷こうとしたミナの上体が大きくふらついた。

「ミナ！」

「……ちからが……ぬけて……」

光に包まれた時、自分の魔力がごっそり抜けていくのを感じたのだ。

「シスターは……」

アルフォンスに支えられながらミナは首を回らせた。

「アンネリーゼ……」

ハルトヴィヒが倒れたままのアンネリーゼを抱き起こし、先刻よりは生気の戻ってきた頬に指先が触れると、ぴくりと動いた。

「アンネリーゼ……大丈夫か」

長い睫毛《まつげ》が震えると、ゆっくりと緑色の瞳が開いた。

「……私がわかるか」

「……ハル……ト……さま」

「——良かった」

ハルトヴィヒはアンネリーゼを抱きしめた。

「二度も君を失う所だった……」

「……今の光は……」

司祭長は周囲を見渡すと、倒れているローゼリアに目を止めた。

「邪神は……？」

「……う」

呻き声を上げたローゼリアに一同が身構えた。

「ん……あ……れ」

身体を起こしたローゼリアは不思議そうに辺りを見回した。

「ここは……？」

「ローゼリア！」

「——お母様？　お父様も」

男爵夫人が声をかけるとローゼリアは両親を見、それから自分を見つめる人々を見て首を傾げた。

「ここはどこ……？　その人たちは……？」

「ローゼリア……覚えていないのか」

「覚えて？　なにを？」

ローゼリアは不思議そうに頭を巡らせた。

「私……入学式に向かっていて……それから……？」

「――入学してからの記憶がないのか」

「入学してから？」

「今はもう九月なのよ」

「え……ええ⁉」

「……男爵。別室を用意するから娘を休ませろ」

「はっ」

混乱するローゼリアを支えるリーベル男爵一家を退出させると、司祭長は一同を見渡した。

「とりあえず邪神はあの娘からいなくなったようだな」

「先刻の光で消えたのでしょうか……」

『消えたわけではないわ』

ふいに上から声が聞こえてきた。

「この声は……」

「女神⁉」

『邪神はミナと王子の力によってローゼリアの中から弾き出されたの』

壁にかけられた、淡く光を帯びた女神像から声は聞こえていた。

「女神……邪神はどこへ行ったのです」

『おそらく西にある、邪神を封じていた祠ね。深い森の中にあるわ』

「西……もしかして『闇の森』でしょうか。元々魔物が多い森ですが、最近特に凶暴化かつ増加していると報告のある」

『ええ。邪神が力を増してきたと共に魔物も力を増しているわ』

エーミールの言葉を女神は肯定した。

『あの森を邪神ごと浄化しなければこの戦いは終わらないの』

女神像から光の玉が一つ離れると、ふわりとミナの前へと飛んできた。

『ミナ。私の力を使えるようになったわね』

「……今の力が……」

『母親へのわだかまりが消えて心を覆っていた闇が消えたからね。けれど力を使うとあなたに負担がかかってしまう……おそらく、邪神を倒せるチャンスは一回限り』

「一回……」

『それ以上力を使ったらあなたの身体が持たないわ』

「討伐計画を立てましょう」

エーミールはハルトヴィヒと顔を見合わせた。

「あの森へ入る討伐隊を結成して、万全の準備をしないとなりませんね」

「ああ。雪が降り出す前に片付けなければな」

頷くとハルトヴィヒはミナを見た。

「ミナ。闇の森は名のとおり昼でも暗く、深い森だ。ただ入るだけでも難しい場所だが……行けるか？」

「――はい」

ミナは大きく頷いた。

「もうこれ以上……邪神の呪いで苦しむ人を増やしたくないんです」

「ありがとう」

「……ところで。ローゼリアの言っていた、兄上が……死ぬだの、そう決まっているだの。あれはなんだったのだ」

アルフォンスが言った。

「この世界がゲームだか小説だとか言っていたな」

『あれは邪神が自分の思いどおりに彼女たちを動かすためにかけた洗脳よ』

「洗脳？」

『ローゼリアやハイデマリー、そしてミナが元いた世界で遊んだり読んだりしていた物語を、この世界に実在する人物や出来事に置き換えて、さも自分が物語の世界の主人公であるように思わせたのね、あの邪神は人の心につけこむのが得意だから。ミナ、あなたも洗脳されていたでしょう』

「洗脳……だったのですか」

ミナは瞠目した。

「私……最近急に……思い出せなくなって……」

『それはあなたが邪神の呪いから解放されたからよ』

「そうだったんですね……」

つまり、この世界を元にしたゲームや小説は存在していなかったということなのか。

「ミナ？　君もそのゲームとやらを知っていたのか」

「は……い……」

アルフォンスの問いにミナは頷いた。

「でも今は……思い出せなくて……」

『思い出せないのではなくて、そんなものは存在しなかったの。そのうち完全に忘れるわ』

「そう……なんですね」

覚えていると思っていたのに思い出せない、胸の中にあるこのモヤモヤした感覚もやがて消えるのだろうか。

それはスッキリするようで、どこか寂しさも感じさせるものだった。


「あの……殿下……降ろしていただけませんか」

「駄目だ、まだ力が入らないのだろう」

呪いは解けたものの、まだ自力で歩けないアンネリーゼを抱きかかえたままのハルトヴィヒは、アンネリーゼの言葉にそう返すとミナを見た。

「アンネリーゼの部屋はどこだ。運んで行こう」

「おやめください！」

「ミナ。今なら回復魔法が効くんじゃないかな」

「あ……はい」

エーミールの言葉に、ミナの手から放たれた水色の光がアンネリーゼへと吸い込まれていった。

「――殿下。もう大丈夫なので降ろしてくださいませ」

急速に血の気が戻ったアンネリーゼが睨《にら》むようにハルトヴィヒを見上げた。

「しかし」

「降ろしてください」

強い口調に、ハルトヴィヒはしぶしぶアンネリーゼを降ろした。

それでも名残惜しげに伸ばされた手からするりと逃れると、アンネリーゼはミナの前へと立った。

「ミナ、ありがとう。あなたのお陰で助かったわ」

「いえ……」

「呪いというのは恐ろしいものね。心が急に……まるで氷漬けになったように冷たくなったわ」

「そうなのですか……」

「それは……本当に大丈夫なのか」

「ええ」

心配そうなハルトヴィヒにアンネリーゼは笑顔を向けた。

「さて、私はリーベル男爵の元へ行ってこよう。エーミール殿も来てくれ。皆ご苦労であったな」

司祭長が口を開いた。

「リゼとミナ、二人とも今日はゆっくり休むといい」

「ミナ」

司祭長とエーミールが部屋から出て行くとアルフォンスが声を掛けた。

「少し話がある。いいか」

「……はい」

「ではアンネリーゼ、部屋へ送って行こう」

ハルトヴィヒはアンネリーゼへと手を差し出した。

「……いえ、大丈夫です」

「それくらいさせてくれないか」

寂しそうに眉を下げたハルトヴィヒに、アンネリーゼは小さくため息をつくとハルトヴィヒの手に自分の手を乗せた。

「アルフォンス。お前もあとでミナを部屋まで送るんだよ」

「わかっています」

「ミナ、近いうちに今度は魔術団の方に来てもらうことになると思うから。よろしくね」

「はい」

ハルトヴィヒとアンネリーゼが出て行くと、部屋にはアルフォンスとミナの二人が残された。

「ミナ。君は今年社交界デビューすると聞いた」

アルフォンスが口を開いた。

「……はい」

「――私も今年、王太子となることが決まった」

アルフォンスの言葉にミナは目を見開いた。

「私は今でも兄上の方が王に相応しいと思っている。……だがそうではなく、私が兄より王に相応しくならねばならないのだと父上に諭された」

アルフォンスは息を吐いた。

「いい加減現実を認め、王子として己の役目を果たせと」

「そう……なのですか」

ミナが知っているのは、共に魔術を学ぶ級友としてのアルフォンスの姿だ。けれど彼にはそれ以外にも、王族として――そして未来の国王としてやらなければならないこと、縛られるものが沢山あるのだろう。

ミナには想像もつかないことだけれど……それでもミナが貴族として生きていくことよりも、ずっと大変で厳しいものだということはわかる。王とは権力こそ持つけれど、その分責任も重く、孤独なのだとアンネリーゼも言っていた。

「……それで、王太子になるにあたり、婚約者を立てる必要があるのだ」

アルフォンスはミナへと向いた。

「ヴィルヘルミーナ・フォルマー嬢。どうか婚約者として、そして王妃として私と共に歩んでくれないだろうか」

「殿下……」

「ミナにとって王妃になることが、どれほど難しく厳しい道程かということはわかっているが。それでも私は、ミナがいいんだ」

「……どう……して……私なのですか」

「初めて会った時から、気がつくと君を目で追っていた。……この感情がなんなのかわからなかったけれど、エドモントが君を望んでいると知った時はっきりわかったんだ」

そっと伸ばされたアルフォンスの手がミナの頬に触れた。

「彼には……いや、他の誰にも君を渡したくない」

強くて温かな腕がミナを抱きしめた。

「ミナ。君が好きだ」

アルフォンスから好意を寄せられていることはわかっていたけれど。面と向かって告白をされ、しかもプロポーズまでされてしまい、ミナは頭の中が真っ白になった。

身体がひどく熱く、心臓の鼓動が耳にまで聞こえるようだった。

「あ……あの……」

声を震わせながらミナはなんとか口を開いた。

「私……まだ……先のことまで……考えられなくて……」

父親たちの言うように、断ることもできるのだろう。

けれどアルフォンスの置かれた立場や彼の自分への気持ちを思うと、自分のことばかりで断るのも我が儘のような気がしてきたのだ。

「なので……時間をください……」

「——ああ。そうだな」

アルフォンスは腕を緩めるとミナを見た。

「今優先すべきは邪神のことだ」

「……はい」

「だがそれが終わったら、私とのことを考えてくれるだろうか」

「はい」

ミナは頷いた。

「……ありがとうミナ、断らないでくれて」

再びアルフォンスはミナを抱きしめた。

「私は君を守る。邪神からも、その先も。だから……ずっと私の側にいて欲しいんだ」

「殿下……」

「それと、もう一つ。もうすぐ私と君の誕生日だろう」

「……はい」

「その日、王宮に来て欲しいんだ」

「王宮……ですか」

「茶会に招待したい。……ダメだろうか」

「……いえ……わかりました」

「良かった。あとで招待状を送るから」

ホッとしたようにアルフォンスは笑顔を見せた。


「――それで、殿下に絆されたの？」

「絆された……？　というか……」

フランツィスカの言葉に、ミナは首を傾げながら言葉を探した。

「この国のことを考えると……誰かが王妃にならないといけない訳だし……」

国内にはミナよりも相応しい相手がいないと言われてしまうと、自分の都合だけで断るのもいけないように思えるのだ。

ローゼリアの尋問から三日後。ミナは教会から自宅へと戻った。

明日からまた学園に通うことになり、学習の状況などを伝えにフランツィスカが会いに来てくれた。

ひととおり学園での話をしたあと、ミナのことに話は移り、流れでアルフォンスに求婚されたことを伝えたのだ。

「まあ確かに。宰相の娘で、陛下が望んでいて殿下からも求婚されているのだから、断れないわよね」

「……うん……」

「――ところで、ミナは殿下のことをどう思っているの？」

フランツィスカはじっとミナを見つめた。

「え……どうって……」

「好き？」

「す……」

ストレートなフランツィスカの問いかけに、見る間にミナの顔が赤く染まった。

「殿下からの求婚を断らなかったのは、殿下に好意があるからではなくて？」

「……そ、それはだから……殿下も大変なのにすぐお断りするのは失礼かなって……」

「それだけ？　ミナの気持ちは？」

「気持ちって……言われても……」

顔を赤く染めたまま、ミナは俯いた。

「立場だとか役目を忘れて、殿下のことをどう思っているのか考えた方がいいわよ。確かにミナは侯爵令嬢で宰相の娘。高い身分の相手に嫁ぐことになるけれど……義務感だけで王妃は務まらないわよ」

侍従家の娘として父親や兄の仕事を間近で見ているであろう。フランツィスカの言葉は重みを持ってミナに響いた。

「本来王妃になるには幼い頃から教育を受けるものよ。それを平民生活が長いミナがこれから学ぶのはとても大変よ。乗り越えるには殿下への愛情や信頼、それにミナが王妃になるんだという強い覚悟と意志が必要ね」

アンネリーゼも幼い頃から受けていた王妃教育はとても大変だと言っていた。

「殿下もミナの家族も、もちろん私もミナを支えるわ。それでも辛くなることは何度もあると思うの。

その時にミナの心がしっかりしていないと……って……ごめんね、キツいことを言い過ぎたわ」

表情が暗くなっていくミナを見て、慌ててフランツィスカはその肩を摑んだ。

「そんなに困らせるつもりはなかったんだけど……」

「……ううん」

ミナは首を振った。

「ありがとう……そういうこと、教えてくれて」

貴族としての生活経験がほとんどないミナには、王妃というものがどういう存在なのか、なにをするのかまだよくわからない。だからフランツィスカの率直な言葉はありがたいのだ。

「まだどうなるかわからないし、今はまだ考える余裕はないけれど……フランの言葉は覚えておくわ」

そう言ってミナはフランツィスカに笑顔を向けた。

「もしもミナが殿下の婚約者になったら、私は全力でミナを助けるからね」

「……うん、ありがとう」

基本、世襲制のこの国で、現在父親の補佐として働いている兄がおそらくそのまま次の宰相になるのだろう。

その時に宰相夫人となるフランツィスカは、きっとミナの心強い味方になってくれる。それは不安だったミナの心を少し和らげてくれることだった。

「邪神のこともあるから確かに今は余裕がないだろうけれど……でも殿下のことをどう思っているかは、ちゃんと自覚した方がいいと思うわ」

「自覚……」

(殿下のことを……私がどう思っているか？)

それは、あえて意識してこなかったことかもしれない。ふとミナは気づいた。

アルフォンスから好意を寄せられていることには気づいていなかった訳ではないが……あえてそのことを深く考えないようにしていたのも確かだ。

（先延ばしにしたくても……もう時間はないんだ）

ミナの社交界デビューまで、そしてアルフォンスが王太子になるまであと三ヶ月。それまでに邪神討伐も終わらせたいとハルトヴィヒたちも言っていた。

もう、時間はないのだ。

（考えなきゃ……私はどうしたいのか）

これまで、魔術師になることがミナの目標だった。けれど学園に入り、前世のことや自分の使命を知った今——別の道へと進まなければならないのだろう。

ちゃんと自分と向き合おう。ミナはそう覚悟した。


「ああ、そうだわ」

帰り際、思い出したようにフランツィスカが言った。

「昨日学園で、ミナがフォルマー家の娘らしいって話をしているのを聞いたわ」

「え？」

「最近フォルマー家が若い娘用のドレスやアクセサリーを仕立てているって噂があって。養子を迎えたか、実は娘がいるんじゃないかって色々と推測されていて……それでミナの存在が浮上したのよ」

黒髪の少女がフォルマー家に出入りしているという噂もある。

そして入学した時から貴族の血を引いていると噂されていたミナの容姿が、フォルマー家の者たちと似ているること。それらから判断されたらしい。

「そんな……」

「貴族にとって情報収集は大事よ、こういうことはあっという間に広まるわ。明日から学園に行ったら色々な人に声をかけられると思うから覚悟しておいてね」

そう言い残してフランツィスカは帰っていった。

◆第七章　二回目の実戦

「ミナー!」

「久しぶりー」

翌朝、登園前に荷物を取りに寮へ寄ると、エマとハンナが出迎えた。

「久しぶり。元気だった?」

ハグし合うと、ハンナがじっとミナを見つめて来た。

「……ミナ、また綺麗になったね」

「え?」

「ホント、お肌つやつや」

「すごくいい匂いもするし」

それは家にいる間、毎晩侍女たちに磨かれていたからだろう。貴族の女性にとっては当然の嗜みらしく、肌を磨かれ、香油を髪や肌に塗り込まれているのだ。

「――ミナがね、どこかの偉い貴族の子なんだって噂になってるんだけど」

エマが言った。

「ホント？」

「……あ……ええと……うん……」

観念してミナは頷いた。

「色々あって……家に戻ることになったの……」

「そうなんだ」

「前から話してたんだよね、ミナはきっと貴族の子だよって」

エマとハンナは顔を見合わせた。

「……そうなの？」

「私たちとはなんか雰囲気が違うし、魔力も強いし。学園でも前からそういう噂は流れてたんだけど、最近急にまたその話が出てきたよね」

「とっても偉い……宰相様だっけ、そこの子だって」

「……それは……最近私が家に帰ったりしているのが知られたらしくて……」

ミナは目を伏せた。

「ごめんね、黙っていて」

「仕方ないよ、事情があるんでしょ」

「うちの親も言ってるよ、貴族は色々と面倒なことや隠しごとが多いから気を遣うって」

商家のハンナが言った。

「でもミナ、ご家族とは上手くやっているの？」

「……うん……みんな優しくしてくれるから」

「そう。良かった」

「……私が貴族に戻っても……友だちでいてくれる？」

それはミナが一番恐れていたことだった。黙っていた自分を二人はどう思うのか、距離を置かれてしまうのではないか……。せっかくできた友人を失うのが怖かった。

「当たり前じゃん」

「ミナこそ、ずっと友だちでいてよね」

「……うん！」

笑顔で答えた二人に、ミナもほっとして笑顔になる。

三人はもう一度ハグを交わした。

「そういえば、ローゼリアさんは退学したんだって」

寮から学園へと三人で向かう途中、エマが言った。

「……そうなんだ」

「なんか病気で、変なことを言ってたみたい。領地に帰って治療するって」

ローゼリアのことはミナも聞いていた。結局学園に入ってからの記憶は失ったままで、前世のことも覚えていないらしい。

それでも彼女の発言は消えることはなく、学園を去り、しばらく王都から離れて領地で過ごさせることになったのだと。

（どうか……ローゼリアが幸せになれますように）

ミナの転生に巻き込まれ、邪神によって転生させられ歪んだ記憶を植え付けられたローゼリアの未来を願いながら、ミナは久しぶりに学園の門をくぐった。

教室までの道すがら、そして昼休みに食堂へ向かう途中。ミナは幾つもの自分へ向けられる視線を感じていた。

フランツィスカやエマたちが言っていたように、ミナの素性の噂は学園中に広まっているのだろう。好奇と、値踏みするような、あまり好意的とはいえない視線が、教室の外にいる時は絶えず注がれ続けた。

学園でミナの素性が広まっているらしいと聞いたと家族に伝えると、知られるのは時間の問題だったのだし、社交界に入ればより多くの者に興味を持たれることになる、今のうちに慣れておいた方がと言われたけれど……本当に、これらに慣れるのだろうか。

一組の級友たちは変わらない態度だったのが救いだった。

放課後、ミナはアルフォンスと共に担任のライプニッツ先生に呼び出された。

「魔術団から連絡があった。冬前に行われる討伐に二人が参加すると」

「はい」

「理由も聞いた。二人が行かない訳にはいかないのだろうが――ミナ」

先生はミナを見据えた。

「お前、ネズミの件はどうなんだ？」

「それは……まだ……あれから遭遇していないので……」

「闇の森はあの時よりもずっと危険な場所だし魔物の種類も強さも格段に違う。またパニックになったら命取りだぞ」

「……はい」

ミナは頷いた。ネズミ嫌いとなった原因である母親とは和解できた。邪神の呪いも解けているのだろう。けれどネズミを克服できたかと言われると……自信がないのだ。

「その時は私がミナを守る」

アルフォンスが言った。

「殿下が守れない時は？　それに、殿下も守られるべき存在でしょう」

そう答えてライプニッツ先生はアルフォンスに向いた。

「学園での実戦訓練と実際の討伐は全く別物。二人の腕も、学園内では優秀だけれど魔術団の中ではまだ新人レベル。今回の討伐では、出番が来るまで二人とも自分の身を守ることを最優先させることだ。そのためにもミナ、お前は苦手なものを克服しなければならない」

「……はい」

「そこで、近い内に前回と同じ森へ実戦に行くことにした。同じとはいえ前回よりさらに魔物が増えているとの報告もある。こちらの能力も前回よりは上がっているが、一組全員のパーティで、入るのも前回より手前までだ」

ライプニッツ先生はミナを見て、もう一度アルフォンスに向いた。

「それから今回、リーダーはエドモントに務めてもらおうと思っている」

「……エドモントに？」

「彼も未来の団長としてパーティを纏める経験を積まないとならないからな。殿下にはサブリーダーとして彼を支えてもらいます。人の下に付くという経験も大切ですよ、殿下」

「――そうか。わかった」

一瞬顔を強張らせたが、アルフォンスはそう答えて頷いた。


「ミナ」

誕生日。ミナを乗せた馬車が王宮に到着し、扉が開くとフロックコートに身を包んだアルフォンスが立っていた。

差し出された手を取り馬車から降りたミナの姿を見つめて、その漆黒の瞳が細められた。

「――綺麗だ」

今日のミナは瞳と同じ、水色のドレスをまとっていた。小さな真珠を小花の形に縫い付けたこのドレスは、何着も仕立てた昼用のドレスの中で一番手の込んだもので、王子の誕生日に招待されたのだからこれを着用するよう言われたのだ。

化粧は控えめに、それでも白い肌に薔薇《ばら》色の口紅を差したその姿はいつもと異なり、ミナをずいぶんと大人びて見せた。

「……本日はお招きありがとうございます」

アルフォンスに会ったらきちんと淑女の礼を取るように母親から言われていたのだが、しっかりと握られた手が離される気配もなかったので、仕方なくミナはアルフォンスを見上げると言葉だけを伝えた。

「ああ。来てくれて嬉しいよ」

心から嬉しそうにアルフォンスは笑顔を見せた。

本来ならば、王子の誕生日には盛大な祝いの席を設けるのだという。だが魔女マリーの事件が起きて以来、そういったことはすべきではないとハルトヴィヒの誕生祝いを行うことはなくなり、それに倣《なら》うようにアルフォンスの誕生祝いも行われなくなったのだ。

王族の中では毎年祝っていたというが、家族以外を招くことは——そもそもアルフォンスがお茶会として誰かを招待すること自体、初めてなのだと父親から、そしてフランツィスカからも聞かされていた。

アルフォンスにエスコートされたミナが連れてこられたのは、王宮の奥にあるサロンだった。大きな窓から陽差しが注ぐ明るい室内には王家の象徴である赤い薔薇が壁一面に描かれ、ティーセットが並んだテーブルの上には水色の花が飾られている。

席に着くと、音もなく現れた侍女たちが色とりどりの菓子を並べ、お茶を注いでまた音もなく壁際へと去っていった。

「アンネリーゼ嬢がトラウトナー公爵と会うという話は聞いたか?」

美味しいお茶を楽しみながらの会話が先日のローゼリアの尋問の時のことに及ぶとアルフォンスが言った。

「はい……聞きました」

王都の教会に滞在していたアンネリーゼの姿を、トラウトナー公爵家と関わりの深い者が見かけてしまい、そのことが公爵にまで伝わったのだという。娘の無事を知った公爵から、会って謝罪をしたいと教会を通じ連絡があったのだ。

父親との再会を渋るかと思われたアンネリーゼだったが、意外にもあっさりと了承した。——魔女の事件の原因が邪神という存在であったことが分かったことや、ミナが家族と和解する姿を見て思う所があったらしい。

家族と和解できたことは、ミナの心を随分と軽くした。だから突然家を追放されシスターとなり、苦労してきたアンネリーゼの心も、家族と話をすることで少しでもその重荷が減って欲しいとミナは願った。

「これでアンネリーゼ嬢が公爵家に戻れれば兄上も安堵するかと思ったが。どうやらそうでもないらしい」

「……どうしてですか？」

「未来の王太子妃となる予定だったほど家柄も見目も良く、才もあるアンネリーゼ嬢だ、公爵家に戻れば引く手数多だろう。一度自ら婚約破棄をした兄上からすれば気が気でないのだ」

「……なるほど……」

アンネリーゼは二十二歳。貴族令嬢としてはすでに行き遅れの年齢だが、まだ若い。彼女を妻にと望む者も多く出てくるのだろう。――けれどそれは、アンネリーゼにとって幸せなことなのだろうか。

シスターの仕事は大変だけれど、それでも子供たちを優しく、時に厳しく見守るアンネリーゼの姿を間近で見てきた、そして平民の生活を知るミナにとって、貴族として生き政略結婚をすることがアンネリーゼにとって良いことなのか、わからなかった。

「ミナ？」

考えが表情に出ていたのであろう、アルフォンスが首を傾げた。

「どうした」

「……いえ……貴族に戻ることがシスターにとって幸せなのかと……」

「――それは、公爵令嬢よりもシスターである方が良いと？」

不思議そうに答えて、アルフォンスは思い出すように視線を宙に逸らした。

「……確かに、アンネリーゼ嬢は以前に比べて顔つきも口調も穏やかになったな」

「そうなのですか」

「兄上の隣でいつもピリピリしていて、正直怖い存在だった」

そういえばアンネリーゼも以前言っていた。貴族社会から追放されたおかげで、自分のダメな部分を知ることができたと。あの事件は悲劇をたくさん生んだけれど、悪いことばかりでもなかったのだ。

「ミナは、アンネリーゼ嬢はシスターのままの方がいいと思っているのか？」

「……私は……本人が望むようになって欲しいと思います」

このままシスターであり続けることと、公爵家に戻ること。どちらがアンネリーゼにとって幸せなのかミナには分からない。けれど、これまで周囲によって生き方を決められてきたアンネリーゼが自分で望む道があるならば、それを叶えて欲しいと思うのだ。

「――そういうミナは、平民でいた方が良かったと思っているのか？」

「え……」

アルフォンスの問いに、ミナは目を瞬かせた。

「……私は……まだ貴族の世界をよく知らないので……どちらがいいとは……」

少し前までは、平民であることを望んでいた。今でも平民に戻りたい気持ちもあるけれど、家族の元へ戻り、共に過ごすようになり……これもいいのではないかと思えるようになってきた。

最初は息苦しいと感じた、侍女たちに世話をされる生活にも少しずつ慣れてきた。まだ学園関係以外の貴族と接したことはないし社交にも出ていないけれど、家族やフランツィスカがいればなんとかなりそうにも思えていた。

「昨日は二年生につきまとわれていたようだが……それで貴族が嫌になったりはしていないか？」

「あ……はい……大丈夫です」

ミナが復学した日は遠巻きに見ていた生徒たちだったが、ハンナたちが言っていたように貴族らしくなったミナを見て噂を確信したのだろう。翌日から声を掛けられることが増えた。

フランツィスカ曰く、ミナに接触しようとする者は宰相家と近づきになりたい親の命でそうしているか、あるいはミナ自身が狙いなのだという。そういう者たちが出てくることは家族からも聞かされていたし、けれど学園の中では評価に関わるから強引な者はいないだろうと言われていた。王子も在籍する学園内で問題を起こし処分を受けることの方が、よほど家にとって痛手なのだ。

昨日も三人の二年生の男子に囲まれたが、そう怖い思いをするほどではなかった。

「これから学園にいる時はフランがなるべく一緒にいてくれると言っていましたし……昨日もエドモント様が注意してくださったので……」

「エドモント?」

アルフォンスは露骨に眉をひそめた。

魔術団長の息子であり、嫡男のエドモントは魔術団入りを目指す生徒にとって、未来の上司となる可能性が高い。上級生といえども彼に逆らうことは無理だろうと、盾になってくれたのだ。

ふいにアルフォンスが立ち上がった。無言でミナの隣へと座ると、膝に置かれていた手を取った。

「え、あの……」

「アーベントロート家からも婚約の申し込みがあったそうだな」

ミナの手を握ったまま、アルフォンスはもう片方の手をコートの胸ポケットへ入れるとなにかを取り出し、ミナの手へと近づけた。

ひんやりとした感触のものが指に嵌め込まれるのをミナは感じた。

「……え……これ……」

それは赤い小さな石を、薔薇の花びらのように組み合わせた指輪だった。

「これは私から君への誕生日祝いだ。――王家の象徴である赤い薔薇を入れたものを贈るのは、特別と決めた相手にだけだ」

ミナの前世と同じように、この国でもアクセサリー、特に指輪を贈ることには特別な意味がある。しかもそのデザインが王家に因んだものということは……。

「あ、あの……これは……いただけません」

求婚されているアルフォンスからこれを受け取ってしまえば、それは求婚を受け入れたことになってしまうのではないだろうか。慌ててミナは指輪を外そうとしたが、アルフォンスに両手を握り込まれてしまった。

「……君がその気になるまで待つと言ったが。正直気が気ではないんだ。待っている間に君を他の者に取られはしないかと」

「そ……んなことは……」

「どうか持っていて欲しい。誰のものにもならないように」

すがるような眼差しがミナを見つめた。


「おかえりなさい、ヴィルヘルミーナ」

屋敷へと戻ったミナを出迎えたカサンドラは、目ざとく娘の指に光るものに目を留めた。

「あら……その指輪は」

「……誕生日祝いにいただいて……お返しできなくて……」

一度は返そうとしたけれど、あまりにも悲しげな顔をされてしまいそれ以上言えず、結局つけたまま帰ってきてしまったのだ。

「ふふ、殿下も必死なのね」

顛末を聞いてカサンドラは目を細めた。

「本来ならばこういうものは婚約してから贈るものなのよ」

「……この指輪……もらっていいのでしょうか……」

「そうね、いずれお返しするかもしれないけれど。今は大切にしまっておきなさい」

「……はい」

こくりとミナは頷いた。

部屋に戻るとミナは改めて指輪を手に取った。

ルビーであろう、アルフォンスの髪色と同じ真っ赤な石の花びらが重なり合い、薔薇を形作っている。台座の細工もとても緻密でさすが王家の宝飾品と思えるものだった。

こんなに凝《こ》ったものを、急に用意できるとは思えない。綺麗に磨かれてはいるけれど、どこか年代物のような風格も感じさせるこの指輪は……もしかして、由緒のあるものではないのだろうか。

ミナはキャビネットから金細工が施された宝石箱を取り出し蓋を開くと——誕生日祝いに家族から贈られたアクセサリーが入っている——その中にアルフォンスからもらった指輪を納めた。アクアマリンや真珠といった淡い色のアクセサリーばかりの中で、真っ赤な指輪は一際目立って見えた。

「……殿下みたい」

王家にのみ受け継がれるという赤い髪のアルフォンスは——いや、たとえ髪色が普通であっても。学園の中で特別な存在感を放っている。いずれはこの国の王となる、唯一無二の存在なのだ。

「本当に……私でいいのかな」

アルフォンスが自分のことを好きだという、その気持ちはとてもよく伝わってくるし、嬉しいと思う。けれど未来の王となるアルフォンスの隣に立つのが自分でいいのだろうか。

いくら家柄が合うとはいえ、つい最近まで平民として生きてきたのだ。お妃教育はおろか、貴族社会の常識すらほとんど知らないミナが王太子妃など……他の貴族たちに反対されたりしないだろうか。

邪神のこと、婚約のこと。

「冬までに……片付くのかな」

重くてどこかふわふわした心をしまうように、ミナは宝石箱の蓋をパタンと閉じた。


「やあ。今回もよろしくね」

実戦地である森の入り口には、エーミールをはじめとした五名の魔術団員が待っていた。その中にハルトヴィヒの姿はないが、一際背の高い男性は夏休みに教会へ行く途中で会ったことがある。ブルーノ・バルシュミーデという、ハルトヴィヒの隊の副長を務めていると紹介された人だ。

今日は一組十名と担任、五名の魔術団員の計十六名の大所帯パーティで実戦を行う。

生徒たちには、前回から魔物が増えているためその調査を兼ねた護衛として魔術団員が参加すると伝えてある。けれど実際は、邪神討伐に向けてミナとアルフォンスの能力を知るために彼らも参加するのだとミナは聞かされていた。

邪神の祠にたどり着くまではミナたちも魔術団の一員として魔物との戦闘に参加しなければならない。今日はそのための訓練でもあるのだ。

「それじゃあエドモント。あとはお前が仕切るんだ」

ライプニッツ先生とエーミールとの間で最終確認を終えると、先生の言葉にエドモントは一同を振り返った。

「出発！」

サブリーダーで先鋒のアルフォンスを先頭に、一同は森へと入っていった。


前回は初夏の心地良い空気に満ちていた森だが、今日は秋の冷たさを感じさせる風が吹いていた。

それでも魔物さえ出なければ散策するには良い気候だ。孤児院では今の季節になるとキノコなど秋の恵みを採りに毎日のように山に入っていたが、あの山も今は魔物が多く、子供たちは入れなくなってしまった。

（早く、元の生活に戻れるといいのに）

それは全て、ミナが邪神を倒せるかにかかっている。自分の役目の重さと大切さを改めて感じながら、ミナは森の奥へと歩みを進めていった。

前回と違い、森には頻繁に魔物が出没した。だがほとんど一、二頭、多くても五頭と一度に出る数は少なく、生徒たちの力で難なく倒せた。

「前回から随分と腕を上げたな」

「これはもう新人団員レベルには達していますね」

「一年生でこれだけ連携が取れるのはすごいな」

リーダーの指示のもと、的確に各自の役目を果たし動く生徒たちにエーミールたち魔術団員も感心していた。

このクラスは連携力が高いと先生たちも褒めている。それに夏休み中、皆個々に領地などで自主練習を行い、レベルを上げていたのだ。それでも、実際に魔術団の戦闘を見たミナからすればまだまだだと思えた。

「それではここで休憩する。なにかある者は申し出てくれ」折り返し地点へと差し掛かったところで休憩を取ることになっていた。休憩といっても魔物が出る森の中、交代で見張りをしながら軽い食事を済ませていくだけだ。

「……訓練の中で一番キツいのが、実はこの食事なのよね」

細長く切った干し肉をかじりながらフランツィスカが言った。

「やっとこの味と固さに慣れてきたけど」

魔物の討伐では森の中で数日過ごすこともあるため、食事も日持ちのする干した肉や果物といった携帯食になる。柔らかな食事が基本の、貴族令嬢であるフランツィスカには確かにキツイのだろう。

「ミナは?」

「私はいつも、もっと固いのを食べていたから……」

貴族が普段食べるようなものではないとはいえ、貴族が多い魔術団の干し肉は平民の手に入るものよりずっと上等なものを使っている。

安くて固い干し肉しか買えない孤児院の子たちが、この干し肉を食べたら御馳走だと喜ぶだろう。ミナにとっても今食べている携帯食は美味しいと思えるものだった。

「もっと固い肉か……」

二人の話を聞いていたアルフォンスが呟いた。

「平民はそんなものを食べなければならないのか……大変だな」

「……でも、それが当然と思っていますので」

もっと柔らかくて美味しい肉も、甘いお菓子も存在するのは知っている。憧れる気持ちはあるけれど、同時に自分たちには手に入らないものだということも知っている。

固い干し肉はアルフォンスや貴族たちからすれば貧相な食べ物でも、平民にとってはいつも食べる馴染みの味で――現にミナは、孤児院で食べていた干し肉をもう一度食べたいと、懐かしく思い出していた。

(その内……私は柔らかいお肉の方が馴染みの味になってしまうのかしら)

そう思って、ミナは少し寂しく感じた。


戻りは行きとはルートを変えていくことになっていた、その分岐の手前でアルフォンスが立ち止まった。

「殿下?」

「――大量の魔物の気配がする」

剣に手を掛けながらアルフォンスは言った。

「全員構え!」

一瞬騒ついた一同だったが、エドモントの声にすぐに身構えた。

ミナも神経を周囲に集中させると、遠くからザワザワとした不快な気配が近づいてくるのを感じた。

「来るぞ!」

アルフォンスの声と共に木々が大きく揺れた。それは前回の実戦で遭遇したのと同等くらいの大量の魔物だった。

「光と風!」

エドモントの号令に、アルフォンスが剣を抜き金の光を放つと同時に、風による広域魔法が放たれた。

「……へえ。相乗効果か」

感心したようにエーミールが呟いた。

広域魔法はその名のとおり広い範囲に届くが個々への威力は弱くなる。そこへ光魔法を重ねると強度とスピードが増すのだ。これは唯一の光魔法の使い手であるアルフォンスありきの作戦だが、皆で幾つもの魔法の組み合わせを試している時に発見したのだ。

「リーダー！　我々にも指示を」

魔物の大群を前にしても落ち着いて戦う生徒たちの様子を見てブルーノがエドモントに声を掛けた。

「……防衛の支援を！　火は攻撃へ！」

エドモントの言葉に魔術団員がザッと動いた。

（わあ……やっぱりすごい）

さすがに魔術団員はスピードも、技術も生徒たちを遥かに上回っている。それでも生徒たちの攻撃を邪魔せず、あくまでもサポートに回るそのプロ意識は感嘆するばかりだ。彼らの協力もあって見る間に魔物はその数を減らしていった。

「ミナ！」

魔術団員に気を取られていたミナのすぐ目の前になにかが飛び落ちる気配を感じた。

それは巨大な魔鼠だった。

「ひっ……」

喉の奥から悲鳴が漏れ、ミナは身体を強張らせた。

「ミナ！　落ち着いて……！」

近くにいたフランツィスカが叫んだ。

（大丈夫……怖くない……）

ミナはマントの上から胸元を押さえた。そこには朝、父親から渡されたアメジストのペンダントがかけられている。家に代々伝わるもので、旅に出る時などに魔除けとして身につけるものなのだという。

実戦へ赴くミナを心配そうに見送った家族の顔を思い出す。母親は泣きそうな顔をしていた。

（大丈夫……もう私を邪魔だと思う家族はいない）

もうネズミは——怖くない。

胸元に当てた手が水色の光を帯びると、魔鼠へ向かって光の矢が放たれた。


「今日は皆よくやった。二回目として上出来だ」

森の外へ出るとライプニッツ先生が皆を見渡して言った。

「迎えの馬車が来るまでまだ時間があるから、それまで休憩していてくれ」

「ミナ」

フランツィスカが駆け寄ってきた。

「魔鼠倒せたわね！」

「……うん」

「気分悪くなったりしていない？」

「大丈夫」

心配そうな友人を安心させるように、ミナは笑顔を向けた。

巨大な魔鼠を倒したあとも、数頭の魔鼠が出没したが難なく倒すことができた。前回の時のように大量の魔鼠が出て来た場合はどうなるか正直分からないけれど……ネズミに対する恐怖心は減ったと思う。

「君は攻撃魔法も強いんだな」

ブルーノがミナに声を掛けた。

「水魔法は回復を最優先にするから攻撃力はあまり必要ないのだけれど」

「ミナの魔法は水魔法のそれとは少し違うからね」

エーミールが言った。

「あの水色の魔法か」

「殿下の光魔法同様、ミナにしか使えない魔法だから。今回の件が落ち着いたら調べさせて欲しいな」

「……はい……」

「ミナを実験台にしてもらいたくないいな」

ムッとした顔のアルフォンスがやってきた。

「ミナの魔法にはまだわからないことが多いですから。この国のためにも必要なことですよ、殿下」

「お前の場合は国のためというよりも個人的な興味だろう」

エーミールの言葉にブルーノは呆れたようにため息をついた。

「まったく、お前がアーベントロート家の後継にならなくて良かったよ。魔術団を私物化しかねないからな。——エドモント！」

ブルーノは担任との話を終えたエドモントを呼んだ。

「どうだ、初めての司令役は」

「……緊張した」

「そうか。だが周りがしっかり見えていたし判断も冷静だった。初めてとは思えなかったぞ」

「……良かった」

エドモントはほっとしたようにその顔に笑みを浮かべた。

「魔法の技術もだいぶ上がったな。団長も喜んでいるぞ、入学してから熱心にやっていて、家に帰ってからもずっと勉強していると」

「……それでもまだ、兄上の成績には追いついていない」

「確かにエーミールの能力はすごいが、お前に必要なのは人の上に立つ力だ。兄と成績を比較する必要はない」

諭すようにそう言いながら、エドモントを見るブルーノの眼差しには彼への愛情が感じられ、二人の付き合いの長さを感じさせた。

「馬車が来たぞ」

ライプニッツ先生の声が響いた。


「改めて紹介するね、彼はブルーノ・バルシュミーデ。邪神討伐隊の隊長を務めてもらう」

ミナはアルフォンスと共に、王宮から来た馬車に乗っていた。目の前にはエーミールとブルーノが座っている。

王宮に戻るというエーミールたちがアルフォンスと同乗するのはわかるが、ミナまで王宮に行くのは兄から伝言が届いたからだ。――娘のことが心配なあまり宰相の仕事が手につかない父親に、少しでも早く無事な姿を見せてやって欲しいと。

「ブルーノは普段ハルトヴィヒ殿下の下に付いているけれど、殿下が不在の時はリーダーを務めているし経験も豊富だ。安心して任せられるからね」

ハルトヴィヒは討伐に参加しないという。本人は行きたがっているのだが、さすがに王子が二人とも行くという訳にはいかないのだ。

「よろしくね、ミナ」

「……よろしくお願いします」

差し出された手は長身の彼らしく大きく、握手の強さは頼り甲斐を感じさせた。

「それで、二人の戦闘力はどうだった」

エーミールがブルーノに尋ねた。

「魔力の高さは魔術団の中でも上位に入るだろう。魔物に対する反応も判断力も悪くない。問題は実戦経験の少なさだが、これは討伐前に何回か魔術団の実戦に参加して経験を積んでもらいたい」

「個々の問題点は？」

「そうだな、ミナは少し集中力に欠ける所があるようだ。我々の動きに気を取られていただろう」

「……はい」

身に覚えのあるミナはコクリと頷いた。

「魔物との戦いでは一瞬の隙が命取りになる。集中力を維持させ続けるのは大変だが、少なくとも目の前に魔物がいる時は決して気を抜くな」

「はい」

「それから殿下ですが」

ブルーノはアルフォンスを見た。

「エドモントの指示に従うのが不満なようでしたが。リーダーの指示は絶対、それを覚えておいてください」

「――そのようなつもりはなかったが」

「どこまで自覚していたかはわかりませんけれど、リーダーの指示への反応でわかるんですよ、その指示に対してどう思っているのか」

経験豊富だという言葉を裏付けるように、ブルーノは言葉を続けた。

「例えその指示が間違っていたとしても従わなければならないのが決まりです。パーティに大切なのはリーダーの能力と信頼関係。エドモントは確かに最初固かったが、命令の出し方や中身に問題はなかった。つまり今回の問題は殿下とエドモントの信頼関係ですね」

「――エドに対して思う所はあるでしょうが。実戦の時は私情を忘れていただきたいですね」

エーミールが言った。

「なにか心当たりがあるのか」

「ま、年頃だからな」

意味ありげにミナへ視線を送ってエーミールが答えると、察したのだろう、ブルーノは小さくああ、と呟いた。

「エドもうそんな色気づく年頃になったか。兄は変な女に引っかかったが、弟は見る目があるようだな」

「……そうだな」

苦笑しながらエーミールは頷いた。

「そうか……。色恋沙汰は魔術団の中でも時々問題になりますが、任務中はそういったしがらみを全て忘れて協力するものですよ、殿下」

「……わかっている」

アルフォンスはそう答えてふいと顔をそむけた。

「ところでミナは誰がいいんだい？」

「えっ」

突然ブルーノに振られてミナは目を見開いた。

「だ、誰って……」

「君の選択次第でパーティの雰囲気も変わるし、討伐隊の作戦にも影響が出るからな」

「え……」

「おい、あまりミナを追い詰めるな」

エーミールがブルーノを小突いた。

「隊長として隊の人間関係を把握しておくのは当然だ」

「だとしても、当事者がいる前でそんなデリケートなことを言えないだろう」

「そうか。ではミナ、その件に関してはあとで……」

「ミナは私の妃になる」

アルフォンスがミナを引き寄せて言った。

「もう王太子妃の指輪も渡してある」

「え」

ミナは思わずアルフォンスを見た。

「……もしかして……この間の……」

誕生日に渡された指輪を父親に見せると「まさか……」と慌てた様子を見せていたのだ。

「や、やっぱりお返しした方が……」

「持っていてくれと言っただろう」

「――騙し討ちですか殿下」

「ミナ以外に渡すつもりはないから先に渡しただけだ」

ため息をついたエーミールを見てアルフォンスは答えた。

「本人の同意を得ていないようですが？」

「ミナは私の妃になるのが嫌なのか？」

「え……い、嫌……という訳では……」

手を握りしめられ、息がかかりそうなほど間近で見つめられながらアルフォンスに問われて、ミナは顔に血が集まるのを感じた。

「同意は得たぞ」

「それは同意とは言いませんよ」

勝ち誇ったような顔のアルフォンスに、エーミールは再びため息をついた。

「婚約者でもない女性にその距離はいかがかと思いますよ」

「じきに婚約するのだから問題ない」

「殿下と婚約するとは限らないではありませんか」

「そもそも国王が言い出した婚姻話だ。なぜお前の家が横槍を入れてくる」

「……苦労をかけている弟の望みを叶えてやりたいと思うのは当然ではないですか」

睨みつけるアルフォンスを見つめ返してエーミールはそう答えた。

「ヴィルヘルミーナ！」

馬車を降りるなり、ミナの名を呼びながら駆け寄ってくる人影が見えた。

「お父様……」

「ああ……無事で良かった」

息を切らしながらブライアンは娘を強く抱きしめた。

「……父上、そう力任せに抱きしめたらミーナの息ができなくなりますよ」

アルトゥールの声にブライアンが慌てて腕をゆるめると、ミナはほう、と息を吐くと助かったというように兄を見上げた。

「お帰りミーナ。怪我はないかい」

「はい」

「殿下もお疲れ様でした。――宰相閣下」

アルトゥールは娘を抱きかかえたままの父親に冷めた視線を向けた。

「ミーナの無事が確認できて気が済んだでしょう。早く仕事に戻ってください」

「いやしかし、色々と話も聞きたいし……」

「それは家でゆっくり聞けばいいでしょう。日が暮れるまでに終わらせなければならない仕事が沢山残っているんですよ」

アルトゥールは赤く染まった空へと視線を送った。

宰相が決裁をしたあと、文官たちがその処理を行わなければならない。だが朝から娘のことで頭が一杯の宰相は全く仕事が捗らず、部下の仕事も滞ってしまっているのだ。

アルフォンスたちと共にミナが王宮へ帰還したと知らされ執務室を飛び出してきたブライアンを追うように、ばたばたと文官たちがこちらへ走って来るのが見えた。

「ほら、早く戻ってください」

「だが……」

「早く仕事を終わらせてミナと共に帰ればいいだろう」

アルフォンスが口を開くとブライアンの腕から奪うようにミナを引き寄せた。

「ミナ。宰相の仕事が終わるまでお茶でも飲んでいよう」

「あ……はい……」

「殿下！」

「ほら、迎えが来たぞ宰相。早く仕事を終わらせないと……ミナは今夜は王宮へ泊まっていくことになるな」

アルフォンスの言葉に顔色を変えたブライアンは、文官たちを引き連れて慌てて執務室へと戻っていった。

「それではミナ、私の部屋へ行こう」

「殿下。それはなりません」

ミナの肩を抱いて歩き出そうとしたアルフォンスをアルトゥールは慌てて止めた。王子の私室へ入れる令嬢は婚約者のみと決められているのだ。

「あの宰相の様子ではそう時間はかからない。少しの間くらいいいだろう」

「そういう問題ではありません。二人はまだ……」

「少し早くともいいだろう。行こう、ミナ」

ミナの肩を抱いたままアルフォンスは歩き出した。

「……殿下はもう婚約した気でいるようだね」

二人のうしろ姿を見送りながらエーミールは小さく苦笑した。

「宰相も大勢の前でやらかしたようだし」

「執務室に連れて行くから待っているよう言ったのだけれどね……」

アルトゥールはため息をついた。

ここは多くの人々が行き交う王宮のエントランスだ。今のやりとりで最近の社交界で大きな噂となっている、黒髪の少女が宰相の娘であること、そしてこの冬に王太子となることが内々に告知されているアルフォンスと特別な関係であろうこと――それらは噂話の新たな話題として数日中に広まってしまうだろう。

「……済まないな、エーミール殿」

フォルマー家には、エーミールの弟エドモントとの婚約申込みの話も来ている。だがアルフォンスとミナの噂が社交界に広まってしまえば、このまま二人が婚約する流れとなってしまう可能性が高い。

「――まあ、初めからうちは分が悪いから」

国王が望む婚約話に割り込もうとしていたのだ。それを覆す理由がなければならないが……例えばミナがエドモントとの婚約を強く望んでいればだが、実戦での二人の様子を見る限り、ミナにはエドモントに対して級友として以上の感情があるようには見えなかった。

そして積極的なアルフォンスへの反応を見る限り、彼のことを憎からず思っているように見えた。

――エドモントには悪いが、彼がその恋を叶えることは難しいだろう。

「しかし……殿下は変わったな」

「……ああ」

以前は全く女性に興味を示さなかったアルフォンスだが、ミナへの気持ちを自覚してからはそれを抑えることもなく、積極的に彼女へアプローチするようになった。

（あの積極性がエドにもあれば良かったのに）

恥ずかしいのか、王子への遠慮なのかはわからないが、エドモントはミナへ想いこそ伝えたものの、それ以上の行動へは出ていないようだった。

初恋は叶えられないであろう弟の幸せを願いながら、エーミールは長い廊下の先へと消えていった二つの人影を見送り、今日の報告を待ち構えているハルトヴィヒの元へ向かうために歩き出した。


「あ、あの……殿下……」

「なんだ」

「手を離して……くれませんか」

ミナはアルフォンスの私室だという部屋にいた。

目の前にはいい香りのお茶と美味しそうな焼き菓子。座り心地の良いクッションに腰を下ろし、目の前にそれらが並べられるのを見てミナは今日の疲れと喉の渇きを自覚したのだ。

花茶であろう、優しい色合いのそのお茶で喉を潤したいのに、なぜかすぐ隣へと腰を下ろしたアルフォンスがミナの手を握りしめたのだ。強くはないが、決して離さないという意思を感じられるその手の強さに振りほどくことは無理そうだと悟ったのだが……ずっと握られたままはさすがに恥ずかしい。それに目の前のお茶がどんどん冷めてしまう。もったいない。

「殿下。朝からの実戦でヴィルヘルミーナ嬢はお疲れなんです」

ミナの声を無視してその手を握り続けるアルフォンスに、部屋の片隅に控えていたフリードリヒが見かねたように口を開いた。

「お茶くらいゆっくり飲ませてあげてください」

「……そうか」

ようやく気づいたようにアルフォンスは手を離した。それでも距離は近いまま、ミナがティーカップに手を伸ばすのを見つめている。

(うう……飲みにくい……)

間近で見つめられてはせっかくのお茶の香りもわからなくなる。

そんなミナの気持ちなど気づいていないであろう、目を細めながらミナを見つめるアルフォンスにフリードリヒは大袈裟にため息をついた。

「なんだ」

「いえ、それは天然なのか計算なのかと」

揃って首を傾げたアルフォンスとミナに、もう一度ため息をつく。

「前回のお茶会といい、今日といい、ヴィルヘルミーナ嬢を殿下手ずからエスコートしたでしょう」

「それがなんだ」

「……殿下がそういうことをなさっていいのは婚約者のみだということをお忘れではないですよね」

「え」

「ヴィルヘルミーナ嬢に未だそこまでの知識がないのをいいことに……」

「人聞きの悪いことを言うな」

思わず声を上げたミナを哀れむような眼差しで見たフリードリヒを、アルフォンスは睨みつけた。

「私がエスコートするのはあとにも先にもミナ一人きりだ」

「ですからそれは婚約してからでないと……」

「順番などどうでもいいだろう」

「よくないから言っているんです」

「――私が王位に就いたらそんなくだらない決まりは廃止してやる」

「くだらないって」

「あの……殿下」

ミナはアルフォンスを見上げた。

「決まりというのはどんなものでも意味があると聞きました。そう簡単に廃止すると言わない方がいいのでは……」

もちろん、くだらないと思われる決まりもある。時代にそぐわないものもあるだろう。だがその決まりが生まれるにはなにかしらの意味があるのだから、まずは守りなさいと孤児院でアンネリーゼに教わったのだ。そして秩序を保つために多少理不尽な決まりであっても必要だということはミナ自身、孤児院で暮らしていた時に実感していた。

「ああ、ヴィルヘルミーナ嬢の方がわかっていますね」

フリードリヒをもう一度睨むとアルフォンスはミナへ向いた。

「ではミナ。今すぐ婚約しよう」

「は……？」

「そうすれば私が君をどこに連れていこうと問題はない」

「殿下」

諫めるように強い口調でフリードリヒが口を開いた。

「今のヴィルヘルミーナ嬢の言葉を聞いていなかったのですか」

「婚約は国王の許可を得ればすぐできるだろう、そういう決まりだ」

「その前にフォルマー家との合意が必要ですよ」

「ではそのうち宰相が来るだろうからその時に」

「殿下……なにを焦っているのです」

フリードリヒの言葉にアルフォンスはしばらく沈黙し……視線をテーブルへと落とした。

「――今日来た魔術団員たちは、討伐隊に参加すると聞いた」

「そうですね」

「皆若い……最年長のブルーノでも、兄上と数歳しか離れていない。そして彼らは私より経験もあるし魔法に長けている」

アルフォンスの視線がゆっくりとミナへ移る。

「討伐は幾日もかかる。その間ずっと彼らと共に過ごさなければならないのだ」

「……もしかしてヴィルヘルミーナ嬢を取られると思っているのですか？」

「魔術団だけではない……他の貴族たちもミナを狙っている」

そっと伸びた手がミナの手を握り締めた。

「一日でも早く婚約者として……ミナを私のものだと示したいのだ」

「殿下……」

「王太子妃というものがミナにとってどれだけ難しいものかわかっている。それでも私は……君を手放せないんだ」

（あ、れ……今の言葉……どこかで……）

ふいに失ったはずの記憶が蘇った。

前世で遊んでいた乙女ゲーム。その中の一つに出ていた、アルフォンスによく似た赤い髪の王子がヒロインに言った言葉。その言葉の答えの選択次第でヒーローと結ばれるか決まるのだ。

（選択肢……正解――いや、違う）

自分の言葉で、伝えなければ。

「私は……確かに、王太子妃になる覚悟も……それがどういうものかも、まだよくわかっていません」

ミナは自分の手を握りしめる手に、空いている手をそっと重ねた。

「でも……できるならば、私は……殿下の側にいたいと思っています」

アルフォンスの手に力が入った。

「それは……君も私のことを好きだと思っていいのか」

ストレートなアルフォンスの言葉に、見る間に耳まで赤くなりながら、ミナはこくりと頷いた。

絆された、のかもしれない。

だが何度も言葉と態度で自分に好意を示されれば心も動く。アルフォンスに抱く感情が彼と同じものなのか、これが恋なのか……それもよくわからない。けれどアルフォンスから向けられる眼差しも言葉も、心がくすぐったくなるような、嬉しいもので。彼に触れられるのも心地良いと思うのだ。

ゲームのヒロインのように迷わず身分が違う相手と生きていこうという強い意志はまだ持てない。けれど、アルフォンスと共にいたいと、そう抱く気持ちは確かなのだと思う。家族や友人とは違う、この感情が好きというものならば、きっとそうなのだろう。

「ミナ……」

アルフォンスはミナを抱きしめた。

「なにがあっても私は君を手放さない」

「……はい」

「どちらかが死ぬまで……いや、死んでもだ」

「――はい」

この先、どれほど辛いことがあっても。この腕が自分を抱きしめる限り大丈夫なのだろう。アルフォンスの腕にはそう思わせる強さと温かさがあった。

◆第八章　空の乙女

「ミナ、身体は痛くないか？」

「はい」

「疲れてはいないか？」

「……大丈夫です、アルフォンス様。さっき休憩したばかりですから」

背後のアルフォンスを振り返りミナは笑顔を向けた。

討伐隊が王都を出発して十日。闇の森へ入り三日が経っていた。

ミナはアルフォンスと共に、彼が手綱を握る馬に乗っていた。馬に乗る練習はしたのだが、魔物の出る森の中を一人で乗るだけの技術を身につけるには間に合わず、アルフォンスの馬に同乗することになったのだ。

討伐隊の出発までの二ヶ月はとても忙しかった。

団員たちと共に訓練に参加し、彼らとの連携の訓練や魔法の腕を磨くことと同時にお妃教育も受けなければならなかったのだ。

アルフォンスとは討伐後に正式に婚約することになっていた。だがそれからお妃教育を行うのでは、婚約披露の場であるシーズン最初の夜会に間に合わない。それまでに最低限のマナーやダンスを身につける必要があるのだ。

学園に行く時間はもちろん、家に帰る暇もなく、ミナは魔術団の訓練に行く以外は王宮に籠《こも》りきりだった。

王宮では父と兄が働いているし、母やフランツィスカも会いに来てくれるが、慣れないお妃教育は辛く、孤児院や、あまり暮らしたことのないフォルマー家の屋敷が恋しく思えた。

それでも頑張らなければ、とミナは必死に教師たちからの課題をこなしていった。

そんなミナを心配してアルフォンスがこまめに会いに来るのだが、心配のあまりミナが少しでも疲れた顔を見せるとすぐに休ませようとしたり課題の量を減らそうとする。あまりの過保護ぶりに、やがて国王の命で勉強時間の間は接触禁止令が出てしまったのだ。

ミナとしても、アルフォンスの前では疲れを見せてはいけないと思うあまり余計疲れてしまう、という悪循環から逃れられたのはありがたかったのだが。王宮から離れ、討伐の旅に出た途端アルフォンスはミナから片時も離れようとせず、過保護に拍車がかかってしまった。

(本当に……アルフォンス様ってこんなだったかしら)

元から優しかったけれど、厳しさもあったはずだ。

こんなに甘くて王として大丈夫なのか、不安になりフリードリヒに相談すると「甘いのはヴィルヘルミーナ様の前だけなので心配不要です」と言われてしまった。

（でもあまり甘やかされると……人としてダメになりそうで怖いのよね）

背中に感じるアルフォンスの体温に安心感と、腰に回された腕にくすぐったさを感じながらミナは森の奥へと進んでいった。


闇の森は言葉どおり、昼でも暗い。

事前の話では元から多い魔物がさらに増えたということだったが、思っていたより遭遇する魔物の数は少ない。風もなく、森は不穏な静けさに包まれていた。

「これだけ少ないと逆に危険だな」

エーミールが言った。

「ああ……やはり祠《ほこら》の周辺に集まっている可能性が高いのか」

隊長のブルーノが答えながらミナを見た。

出発の前日、ミナは久しぶりに女神の声を聞いた。そこで闇の森にある祠周辺に、非常に濃い魔物の気配があると教えられたのだ。

『ごめんなさい、私はあそこへは近づけないの……邪神の気配が強すぎて』

祠は邪神の力が蓄積された場所。

そこに溜められた邪神の魔力にあてられると、女神の力は弱まるという。そして女神の力を宿すアルフォンスとミナの力もまた、弱まってしまうのだと。

『その時が来たら、あなた方二人に今の私の力を全て与えるわ。だからそれまで持ち堪えて』

チャンスは一回。大量にいるであろう魔物をかわしながら、邪神にミナの力をぶつけなければならない。

(本当に……できるだろうか)

胸に湧き上がる不安を鎮めるように、ミナは胸のペンダントを握りしめた。

「ミナ」

その手にアルフォンスの手が重なる。

「大丈夫だ」

「――はい」

頷いたミナを、アルフォンスは優しく抱きしめた。


「今日はここで宿泊する」

暗い森とはいえ、まだ日暮れ前。休息するには早い時間だったが、やや開けた場所に来るとブルーノはそう告げた。

「明日は祠に到着する予定だ。偵察隊からこの先で魔物の気配を濃く感じるとの報告があった。つまり今日しっかり休んで明日一気にけりをつける。わかったな」

一同が頷いたのを見ると、ブルーノはテントの用意をするよう指示を出した。討伐隊は総勢十五名。内、女性はミナを含めて三名で同じテントに泊まる。

最初アルフォンスはミナと同じテントに泊まると主張したが、それだけはダメだとブルーノとエミールにきつく言われて仕方なく諦めたのだ。例え婚約者であっても、婚姻前の男女が同室で一夜を過ごすことは許されない。それは貴族の多い魔術団でも同じだ。

「ふふ、また王子様が未練がましくこちらを見てるわ」

女子三人でテントを立てていると、女性魔術団員のアデーレがミナに囁いた。

「昼間あんなにべったりくっついているのにまだ物足りないのね」

もう一人のコリンナも笑顔で言った。

「……すみません……」

バカップルと思われているのではないか。ミナは顔を赤くしながらそう言った。

「いいのよ。初々しくていいわー」

「まだ十七歳だものね」

当初、団員たちはアルフォンスと婚約予定のミナに対し、アルフォンスのように敬語で接しようとした。けれどミナにとって彼らは魔術師の先輩。どうか普通に接して欲しいと頼み込み、女性二人もミナに対し気軽に接してくれている。

王宮で未来のお妃として扱われていたミナにとって、彼女たちの態度はありがたかった。

テントを張り終えると周囲に結界を張り食事の用意をする。

食事といっても簡素なものだが、それでも馬から降り、緊張感から解放されて皆で食べる食事は美味しい。明日はいよいよ邪神と対峙するというのに、団員たちは楽しそうで雰囲気も穏やかだ。

「ミナ、これも食べるか」

デザートのリンゴを食べ終えてお茶を飲んでいると、アルフォンスが自分の分を一切れ差し出してきた。

「いえ、大丈夫です」

「あまり食べていないだろう」

「……でももうお腹がいっぱいなんです」

心配そうに見るアルフォンスにミナはそう答えて微笑んだ。

「だが明日に備えてもっと栄養を取らないと。一口でもいいから」

「……」

諦めることなく目の前に差し出され続け、仕方なくミナはリンゴを一口かじった。

満足そうな表情のアルフォンスを見ながらミナは心の中でため息をついた。

(……本当に……毎日毎日……)

出立してから、食事の時は毎日のようにこうやってアルフォンスはミナに少しでも多く食べさせようとする。王子手ずから食べさせる様子に最初の頃は団員たちも驚いていたが、さすがに十日間も続くと見慣れたのだろう、こちらのやりとりを気にとめる様子はなかった。

(それにしても……アルフォンス様の過保護っぷりは……)

ミナがアルフォンスとの婚約を受け入れることを決めてからの、アルフォンスのミナへの態度は甘さが増すばかりで、長年従者を務めているフリードリヒも驚くほどだった。そうしてあまりにもミナの身体を心配するものだから、『婚約者というより保護者ですね』とまで言われてしまったのだ。

平民として、そして孤児院で揉まれてきたミナは決してひ弱ではない。小柄だけれど体力もある。

アルフォンスもそれをわかっているはずだし言葉でも伝えているのだが……どうにも止まらないようだ。

その心配ぶりは、食事だけでなく王宮での生活やお妃教育のことまで多岐に渡る。

(なんだっけこういうの……『オカン男子』?)

ふと前世の言葉を思い出した。

アルフォンスの保護者ぶりは、父親というよりも母親に近い。けれど、自分を大切にしてくれることは嬉しいけれど……ミナだって護られるばかりではないのに。

「ほらもう一口」

少しモヤモヤしながら、ミナはさらに差し出されたリンゴを無意識に口にした。


「準備は整ったな」

朝食を終え、身支度を整えた一同をブルーノが見渡した。

ここからは馬を置いていく。いつ大規模な魔物の群れに遭遇してもおかしくないからだ。

「作戦は各自頭の中に入っているな。いいか、決して自分の役目を忘れるな。行くぞ」

歩き始めて一時間ほど経つと、急激に魔物の気配が濃くなった。幾つもの不快な視線がこちらを窺っているのを感じる。

「……襲ってはこないのか」

周囲に意識を配りながらアルフォンスが呟いた。

「ここは人間ではなく魔物の棲家ですからね。我々が攻撃を仕掛けない限り、そうすぐには襲ってきません」

エーミールが答えた。

「けれどいつ我々を敵と認識するかわかりません。気は抜かないでください」

「ああ」

頷いて、アルフォンスはミナを見た。

「ミナ、疲れていないか」

「はい」

「足は痛くないか？」

「大丈夫です。……孤児院では一日中、山を歩き回ったこともあるんです」

ミナは普通の貴族よりもずっと健脚だ。学園の実戦でも、他の男子たちよりも疲れることなく歩き続けていた。

「そうか。少しでもなにかあればすぐに言うんだ」

「……はい。ありがとうございます」

アルフォンスが過度の心配性になったのは、ミナが一度王妃教育の疲れで熱を出してからだ。

だがあれは慣れない王侯貴族の名前や歴史を詰め込まれたからで、お妃教育と離れている今はむしろそのことに頭を使わなくていい分、心も、そして身体も軽い。

(育ってきた環境が違うから……私の状況をアルフォンス様に理解してもらうのは難しいのよね)

どう伝えていくべきか、帰ってから考えよう。そう思った時ミナは凍りつくような空気を感じた。

「構えっ」

ブルーノの低い声に全員が身構えた。

明らかに敵意を持った気配がじわじわと近づいてくる。

「ラルゴ、状況を」

ブルーノは空間把握魔法に長けた団員に尋ねた。

「魔物の集団が広範囲からこちらへ向かって……囲まれています。祠までの距離は約三キロ」

「少し距離があるが……仕方ない。祠まで一気に行くぞ。結界準備！」

アルフォンスが剣を抜いた。

「走れ！」

合図と共にミナとアルフォンスが魔法を放った。

実戦の時は風魔法と光魔法を重ねることで攻撃力を増したが、それを結界魔法にも使えないかと言ったのはエーミールだ。

そのことは一組でも考え試したのだが、攻撃魔法と防御魔法を組み合わせるのは難しく、その時は上手くいかなかった。けれど、魔法研究に長けるエーミールと、そしてアンネリーゼの協力で二人の魔力を同調させることを可能にした。練習を繰り返した結果、ミナの結界魔法の強度を倍以上高めるまでになったのだ。

金色の光に包まれながら走る討伐隊に樹々の影や上から大量の魔物が襲ってきた。

ミナの頭上を幾つもの魔法や魔物の咆哮が飛び交う。周囲を見渡す余裕もないミナができるのは、ともかく転ばずに走ること、そして結界を維持することだけだった。

邪神を倒すのに必須なのはミナとアルフォンスの力。この二人を守るように周囲を団員が囲む。いつもは先陣を切って攻撃に加わるアルフォンスも、今は防御に徹していた。

「あと少しで祠です！」

息を切らしながらどれだけ走り続けただろう、ミナの目の前に黒い闇を纏った洞窟《どうくつ》が現れた。

「ここが祠……？」

樹々の間から現れた洞窟の、ぽっかりと空いた穴の奥は真っ暗で、そこから漏れてくる邪悪な気配は凍りそうなほどの冷たさを感じた。

「この洞窟の奥だ。入るぞ！」

洞窟に飛び込んだ途端《とたん》魔物の気配が消えた。背後を振り返ると、倒しきれなかった魔物が洞窟の前に集まっていた。

「ここまで追ってこないのか」

「入れないのだろう……結界を決して解《と》くな、おそらく魔物ですら近寄れないほどの邪気が充満している」

「防御魔法を重ねろ。火魔法で灯りを点せ」

エーミールの言葉を受けてブルーノが命じた。

灯りがつくと、不気味な空間が浮かび上がる。その先は長く……闇に吸い込まれていくような錯覚を覚えた。

足音ですら吸収してしまう、ひどく静かな洞窟の中を慎重に歩いていくと、やがて開けた空間に到達した。正面には大きな石碑のようなものが置かれている。古びていてかなりかすれているが、文字が書かれているようだった。

「これが邪神を封じた石か……」

呟いたエーミールの声が反響して響いた。

『よう来たな』

洞窟内に大きく響いた、それはローゼリアの口から聞こえた女の声だった。

「邪神……！」

全員が身構えた。

『ネズミ共が大勢で来ても我は倒せぬわ。ここは我の力が最も強い地だからの』

本来、この祠は邪神を封じる場所だったが封印しきれず、漏れ出した邪神の魔力が積もり続け……

いつしか最も闇の魔力の強い場所となってしまった。

過去幾度も光魔法を持つ王子が邪神を倒そうとここまで来たが、再封印できてもまたしばらくすると邪神の魔力が漏れ出してしまう。その繰り返しだった。

これ以上は繰り返さない。そのためにミナはこの世界に呼ばれ力を与えられたのだ。

(絶対に……失敗はできない……でも……本当にできる……？)

守られているはずの結界の中へも、あまりにも濃い邪神の魔力がじわじわと流れ込んでくる。こんなに強い魔力を完全に封じる力が……本当に自分にあるのだろうか。

不安になったミナの手を温かなものが握りしめた。

「大丈夫だ」

顔を上げるとアルフォンスがミナを見つめていた。

「私がついている」

「……はい」

そうだ。アルフォンスはいつもミナの側でミナを見守っていてくれる。

一人ではないのだ。ミナはアルフォンスの手を握り返した。

「ここで全てを終わらせる」

ミナから手を離すとアルフォンスは剣を抜いた。

『何人もの王子がそう言ってここへ来ては半端な封印で満足して帰っていきおったわ』

嘲笑うような声が響く。

「今回は違う。女神の力は一つではない」

『ふ、その小娘は生まれ落ちた時に我が呪いをかけた者――まだ完全にその呪いは消えておらぬ』

真っ黒な闇がミナの視界を覆った。

「ミナ!!」

アルフォンスの叫び声を遠くに聞きながら、ミナの意識は闇へと吸い込まれていった。


「……ん……」

部屋に差し込む朝の光を感じ、ゆっくりと目を開ける。

「あれ……?」

未奈《みな》は不思議そうに室内を見回した。

「ここ……どこ……って……」

自分の部屋か。

視界に入るベッドも机もタンスも壁も、全て自分の部屋そのものなのに。なぜか一瞬、全く知らない部屋に思えたのだ。

未奈は手を伸ばすとベッドの脇に置いたスマホを手に取った。今日は日曜日。けれど表示された時刻は、いつも学校に行く時に起きる時間だった。

「早起きしちゃった……」

随分と長い夢を見ていた気がする。

それは物語のような、とても長い夢で……けれど目覚めた瞬間に全て忘れてしまったようだった。

二度寝する気にもならず、起き上がろうとして未奈はふと胸に鈍い痛みを感じた。

「……そう、だ、昨日……」

夜、突然強い胸の痛みに襲われたのだ。死ぬかと思うくらい痛くて、けれどなんとかおさまりそのまま眠ってしまったのだ。

今この家には未奈しかいない。父親は海外出張、母親も地方の講演会に行っていて、通いのお手伝いさんはこの週末は休みを取っている。

もしも痛みが治らなかったら――死んでいたかもしれない。ぞっとしながら未奈はベッドから起き上がった。

「うーん……」

冷蔵庫の中を覗き込んで未奈は唸った。

中にはお手伝いさんが作り置きしてくれた、料理の入ったタッパーが並んでいる。美味しくて、いつも食べているものばかりなのになぜか今朝は全く欲しいと思えなかった。

「もっと簡単なものでいいんだけど……パンと干し肉とか……」

(――干し肉?)

自分の言葉に首を傾げる。干し肉なんてそんなもの、食べたことがあっただろうか。

なにかがおかしい。起きた時から感じる……ここが自分の知る世界ではないような違和感。

視線を巡らせるとテーブルに置かれたリンゴが目に入った。

「……これでいいや」

赤いリンゴを一つ手に取る。いつもは皮を剝いて食べるのだが、なぜか今日は皮付きのまま食べようと思い、くし切りにして皿に乗せた。

静かなダイニングで一人リンゴをかじる。

「……リンゴってこんな味だったっけ」

もっと固くて酸味が強くて……サイズだって、こんなに大きくないはずだ。不思議に思いながらも二切れ食べたが、それ以上は食べる気にならず冷蔵庫にしまおうと未奈は椅子から立ち上がった。

『ほらもう一口』

ふいに脳内に誰かの声が響いた。

「……え？」

『あまり食べていないだろう』

胸に鈍い痛みが走る。

脳に甘く響くこの声を――自分は知っている。

知っているけれど……思い出せない。

しばらく手にした皿の上のリンゴをじっと見つめて、未奈はもう一切れ食べようと椅子に座り直した。

「それにしてもよく降る……」

リビングへ移動すると、未奈は窓辺に立った。この地域には珍しい大雪で、窓の外はなにも見えないくらい真っ白だ。しばらく止まないだろう。

「雪が降る前に行かないとならなかったのに……」

ああ、まただ。朝から何度も奇妙な感覚に襲われる。自分ではないような……こととは違う、別の……。

「……夢のせいかな」

あまりにも長い夢だったから混濁しているのだろうか。でもどんな夢だったのだろう。

辛かった気がする。

楽しかった気がする。

そして……幸せだった。

あの日々を……『彼ら』を忘れてはいけないのに。

ふいに押し寄せた不安と寂しさに、未奈は部屋を見渡した。

しんとした、一人で過ごすには広すぎるリビング。外は真っ白で……まるで世界にただ一人、取り残されたような感覚に陥る。

一人には慣れたはずなのに……どうしてこんなに『寂しい』と思うのだろう。どうして家にいるはずのない誰かの気配を探そうとしてしまうのだろう。

窓の外の世界のように、どんどん心が冷えていくようで、気を紛らわそうと未奈はスマホを手に取った。

「なんか……ゲーム……」

画面をスライドさせた指がぴくりと震えた。

目に留まった『空の乙女』と書かれたそのアイコンには、真っ赤な髪の青年のイラストが描かれている。

ドクン、と未奈の心臓が震えた。

それは以前遊んだアプリだった。平民の少女が『空の乙女』という国を護る役割に選ばれ、王子と恋をして結ばれるという乙女ゲームだ。

乙女ゲームが好きな未奈は幾つものゲームを入れていて、その中の一つで一度クリアしたきりのゲームだったはずなのに。――どうして……こんなに心臓がバクバクするのだろう。

未奈は震える指でアイコンをタップした。アプリが起動し……突然、部屋のシーンが現れた。

豪華な部屋の、ソファに腰を下ろした赤い髪の王子がこちらを見ている。その眼差しはとても優しくて……覚えのあるものだった。

『王太子妃というものが君にとってどれだけ難しいものかわかっている』

王子はそう言った。

『それでも私は……君を手放せないんだ』

画面の下にセリフの選択肢が現れた。

──違う。私の答えはこの中にはない。

「……できるならば、私は……」

未奈の唇から言葉がこぼれた。

「……殿下の側にいたいと思っています」

そうだ、あの時自分はそう答えたんだ。

「──アルフォンス様……」

そうだ、ここじゃない。

自分が生きているのは……いるべき場所は。

「帰らないと……アルフォンス様の所へ……」

ずっと側にいると約束したのだから。

スマホが水色の光を放った。

強い光はあっという間に部屋を覆い尽くし、そして全てが消えていった。


「ミナ！」

抱きかかえていたミナの、その胸元が水色の光を帯びたのにアルフォンスは気づいた。光はミナを包み込むように広がり、さらに結界の外へと広がっていった。

『っおのれ……我が呪いを……この力は……』

洞窟中を満たした光が消えていき——人の形となった。

「私は……もう『未奈』じゃない」

光の中からミナの声が聞こえた。

「私はこの国を……大切な人たちを守るためにこの世界に生まれた。私はここで生きていくの」

「ミナ！」

「アルフォンス様……力を貸してください」

差し伸ばされた光の手をアルフォンスが取る。

繋がった部分からミナのものによく似た、けれどもっとずっと強い魔力が流れてくる。

「この力は……」

『光の王子。空の乙女。二人の力を一つに』

水色の光の中から女神の声が聞こえた。

『長きに亘《わた》る戦いに終止符を』

アルフォンスの身体から金色の光があふれた。金色と水色、二つの光が混ざり真っ白な光となる。

『おのれ……！』

石碑が黒い光を帯びた。広がろうとする黒い光を飲み込むように白い光が包み込む。

強い二つの魔力がぶつかる感覚。

激しい咆哮が洞窟に響き渡った。

光が全て消え去った。

粉々に砕けた石碑の破片が散らばる、その中心にミナを抱きかかえたアルフォンスが倒れていた。

「殿下！」

「……ぅ……」

小さく呻いてアルフォンスは目を開いた。

「大丈夫ですか」

「ああ……ミナ……？」

腕の中へと視線を落とすとアルフォンスは息を呑んだ。

「髪が……」

腕の中にいるのは確かにミナだった。だがその髪色は黒ではなく、淡い金色となっていた。

「これは一体……」

「——以前、呪いのせいで黒髪になったと言っていましたね」

エーミールが言った。

「つまり呪いが解けて髪色が戻ったということではないでしょうか」

『そう。彼女の呪いは全て解けたわ』

女神の声が響いた。

『邪神の力も全て消え去った。魔物の数も減っていくでしょう。ひとまずは安泰ね』

「ひとまず？」

『この世界に神は何柱もいる。また別の邪悪な力を持った神がこの国を狙うかもしれないということよ』

声のする方を見ると、白い光の玉が浮いていた。

『それが現れる日が来るかはわからないけれど……その度に私はこの国を守る。けれどあの邪神のように私だけでは守りきれない時は、あなた方人間の力を借りるわ』

ふわりと光の玉はアルフォンスの側へ降りてきた。

『光の王子。神の末裔。王家の血を絶《た》やさぬ限りあなたたちは私の力を使うことができる。それを忘れないで』

「――はい」

『そしてミナ。異世界の魂を持つ私の愛し子』

くるりと弧を描くと光の玉はアルフォンスの腕の中で眠るミナにそっと近づいた。

『ありがとう。あなたに女神の祝福と加護を。私はずっとあなたを見守っているわ』

光がミナに触れるとその光は水色となり――そして消えていった。


社交シーズンの始まりを告げる王宮での舞踏会は最も華やかなものとされているが、今年は特に人々の興奮と喜びに満ち賑わっていた。

五年前の魔女による騒動で国にもたらされた災厄。その原因となった邪神が倒されたというのだ。

それを証明するように、国中を脅かしていた魔物の数が見る間に減っていった。完全にいなくなった訳ではないが、魔女の現れる以前、人間と魔物の棲み分けがされていた頃までには戻っていると思われた。

邪神を倒したのは光魔法を持ち、王太子となった第二王子のアルフォンス。そして女神に力を与え

られその神託で『空の乙女』と呼ばれた少女の二人だという。

その二人の婚約が今日の舞踏会で発表されると周知されており、今年は国中の貴族がこの王宮へ集まっていた。

「まあ……あれはアンネリーゼ様ではなくて？」

すでに多くの人々で賑わう大広間。一人の夫人が側にいた友人に囁いた。

「まあ、そうだわ。噂は本当だったのね」

二人の視線の先にはトラウトナー公爵夫妻と共にいる一人の女性がいた。それはかつて王太子であった第一王子ハルトヴィヒの元婚約者であり、魔女に魅了された王子や実の兄によって貴族社会から追放された令嬢アンネリーゼだった。

追放後、教会に身を寄せシスターとなっていたアンネリーゼの消息を知った公爵が、娘を家に呼び戻したという噂が流れていた。もしも彼女が社交界に戻るならば今日の舞踏会であろうとされており、それを確認するのも貴族たちの今日の目的の一つでもあったのだ。

「まあ……アンネリーゼ様、さらにお綺麗になられて……」

「本当に。すっかり大人びて……」

青いドレスに身を包み、凛とした佇まいを見せるアンネリーゼに夫人たちはため息をついた。

アンネリーゼは今回の邪神討伐に大きな貢献をしたという。その褒美として、魔女に魅了され失脚した兄に代わり公爵家の嫡嗣となるらしいとも噂されていた。

そうなれば問題はアンネリーゼの婚姻相手が誰になるかである。女公爵の夫となるか、あるいはトラウトナー公爵の爵位を得るのか。どちらにせよ、大きな地位と財産を得ることとなる。

そんなアンネリーゼや父親の公爵に接触しようと多くの貴族たちが集まっていた。

やがて王家の入場を告げる声が響き渡った。

ハルトヴィヒとアルフォンス、そして最後に国王夫妻が現れ着席すると、楽団による演奏が始まった。

シーズン最初の舞踏会は、社交界にデビューする者たちのお披露目の場である。入り口から若者が列になって入場してきた。

今年のデビューは男女合わせて三十名。デビューする男子は黒のテイルコート、女子は白いドレスを着用するのが決まりである。その中で特に注目を集めているのは最後に入ってきた少女だった。

淡い金色の髪を結い上げた髪には真珠のティアラが輝いている。緊張しているのか、伏し目がちの睫毛の下から覗く珍しい水色の瞳が印象的な、美しい少女だ。

デビューする女子は宝飾品も真珠のみと決められているが、婚約者がいる場合は、相手から贈られた指輪を着けても良いとされている。すでに決まった相手がいることを明らかにすることで、社交界に不慣れな女子を邪な手から守る意味もあるのだ。

少女の指に光るのは赤い石だ。近くでよく見ればそれが薔薇を模《も》したものと分かるだろう。この国で、王家の象徴である赤い薔薇を公の場で身につけられるのは王族やそれに準ずる者のみだ。

入場した若者たちは一人ずつ名を呼ばれ、壇上の国王夫妻の前まで進み出て言葉を掛けられる。そうして初めて社交界の一員と認められるのだ。

「――ヴィルヘルミーナ・フォルマー！」

最後の少女の名が呼ばれた。

階段を上がり、国王夫妻の前に立つとミナはドレスの裾をつまみ、深く膝を折った。

「ヴィルヘルミーナ。今日の日を迎えることができて嬉しく思っている」

国王が告げた。

「よく頑張った」

「――ありがとうございます」

頭を下げて答えたミナに目を細めると国王は立ち上がり、前へと進み出た。そしてミナに頭を上げるよう促すと自分の隣へ立たせせた。

「皆の者！」

王の声が大広間に響き渡った。

「すでに知っているであろう。ここにいるヴィルヘルミーナ、そして我が息子アルフォンス。二人により我が王国が邪神の手からようやく解放されたことを」

わあっと歓声が上がった。

「もちろん二人だけではない。多くの者たちの努力と犠牲の上にもたらされた勝利だ。皆にも長く苦労をかけた……王として詫びよう」

国王の言葉に歓声はあっという間に消えた。

ここにいる貴族たちは皆被害を受けている。領地や領民たちであったり、あるいは彼らの家族もだ。

――この五年の間にどれだけのものを失っただろう。

「だが女神の力を受け継ぐこの二人がいる。彼らは未来の国王、王妃として長くこの国に平和をもたらすであろう。どうか皆も彼らを支え、我が国の発展と平和のために協力して欲しい」

再び歓声が上がった。

「ミナ」

大勢の貴族たちがこちらを見上げながら興奮した様子に気押されているミナに、隣へ立ったアルフォンスが声をかけた。

「手を」

差し出された手を取ると、アルフォンスはそれを高く掲げた。

「王太子万歳！」

「ブルーメンタール王国万歳！」

貴族たちの歓声は止むことを知らないくらい長く響き続けていた。


「ミナ！」

ファーストダンスを終えてアルフォンスと共にフロアから下がってきたミナにフランツィスカが声を掛けた。

「良かったわ。とても綺麗だったわ」

「……でも間違えちゃった……」

暗い表情のミナはそう呟いてアルフォンスへ向いた。

「ごめんなさい……」

「なに、あれは私が上手くリードできなかったせいだ。ミナは気にするな」

「そうだよ、初めての人前でのダンスがファーストダンスなんだ。緊張しない方がおかしいんだから」

フランツィスカと共にいたアルトゥールもそう言って妹を慰めた。

舞踏会で最初に踊るのは国王夫妻と決められている。だが今年の主役であるアルフォンスとミナも共に踊ることになったのだ。

アルフォンスとは何度も練習を重ねてきた。けれど大勢の注目を浴びて緊張しない訳もなく――ミナはステップを間違え、アルフォンスの足を踏んでしまったのだ。

「でも……」

「ほら見て、ミナ」

フランツィスカはミナのうしろを示した。

「みんな動きがぎこちないでしょう。ミナのダンスはあれよりずっと立派だったわ」

フロアでは社交界デビューした若者たちが踊っていた。

やはり初めてということで緊張しているのだろう、皆表情が強張っていたり動きが硬かったりと初々しい。――確かに他から見れば微笑ましい光景だけれど、当人からすれば問題なのだ。

「ミナ」

失敗を思い出して暗くなっていると声を掛けられ、ミナは顔を上げた。

「シス……アンネリーゼ様」

「社交界デビューと婚約おめでとう。堂々としていて良かったわ」

笑顔のアンネリーゼがやってきた。

「でもダンスで失敗してしまって……」

「あれくらい大したことないわ。私も初めての時は三回殿下の足を踏んだもの」

「……アンネリーゼ様も？」

「ああ、そういえば覚えていますね……」

思い出すようにアルトゥールが視線を宙へ向けた。

「ハルトヴィヒ殿下の顔が苦痛に歪んで。さぞ痛かったんでしょうね」

「……そんなに……」

「――最初の失敗は誰でも許されるわ。同じ過ちを繰り返さなければいいの」

そう言って、アンネリーゼはミナの姿を見渡して目を細めた。

「それにしても、初めてミナに会った時はお互いこんなことになるとは思わなかったわ」

「……そうですね……」

あの頃はミナもまだ魔法が使えることを知らなかった。自分が貴族に戻るなど思いもよらなかったし……しかも女神の力を持ち、王太子の婚約者となるとは。

「アンネリーゼ様がいなかったら、私はここにいられませんでした」

アンネリーゼがミナに魔法を教えてくれたから学園に入ることができた。そのあともなにかとミナを支えてくれているし、最近ではお妃教育も助けてもらっている。本当に、ミナにとってアンネリーゼの存在はどれだけ大きいだろう。

「私も、ミナに会えて良かったわ」

ミナの成長と変化を間近で見続けてきたからこそ、アンネリーゼもかつて自分を追放した貴族社会へ戻ろうと思えたのだ。

公爵家へ戻るにあたり、アンネリーゼは父親に条件をつけた。

シスターとして孤児院の子供たちの面倒を見てきた経験と彼らへの思いを忘れたくないと、孤児院や親を失った子供たちへの支援を今後トラウトナー公爵家として行っていくということを。

その話を聞いて自分も協力したいと言ったミナに、アンネリーゼは『未来の王妃として特定の対象だけでなくもっと多くの弱者に目を向けなさい』と返した。

邪神や魔物の脅威は減ったとはいえその傷跡はまだ多く残っているし、様々な理由で生活に困っている人も多い。ミナはそれらに幅広く手を差し伸べなければならないのだと。

これまで目の前のことや自分のことだけで精一杯だったミナに、それができるのかどうかわからない。

けれどミナは一人ではない。

アルフォンスや家族、そしてアンネリーゼなど大勢の人たちがミナを支えてくれる。彼らと一緒ならばきっとできるだろう。

なにもできないで死んでしまった『未奈』のためにも、その未奈に力を新しい命を与えてくれた女神のためにも。ミナはこれからも、未知の世界へ歩き続けていくだろう。

「ミナ」

アルフォンスが手を差し出した。

「もう一曲踊ってくれるか」

「……はい」

差し出された手を取るとアルフォンスは嬉しそうに笑った。そう、なによりもミナには彼がいる。

二人一緒ならば怖くはない。

ミナはアルフォンスと共にフロアへと向かっていった。


「ミナもすっかり貴族令嬢らしくなったわね」

フロアへ向かううしろ姿を見つめながらアンネリーゼは感慨深く呟いた。

孤児院で初めて会った時、ミナは明らかに他の子供とは異なる気品があった。すぐに貴族の血を引いていると気づき、本人からも大まかな事情は聞かされていた。

ミナが魔法を使えるようになった時、いずれこの子は貴族社会に戻るだろうという予感を覚えた。

だから少しずつ、貴族のことや立ち振る舞いなどを教えていたのだが。それでも王太子の婚約者として立派に振る舞えるようになるほどとは——どれほど努力をしたのだろう。

「アンネリーゼ様には妹がとてもお世話になったと聞いています」

アルトゥールがそう言って頭を下げた。

「我々家族ができなかったことを代わりにしていただき、ありがとうございました」

「……私はシスターとして面倒を見ただけですわ」

「ですがミナに貴族としてのマナーを教えたのはアンネリーゼ様と聞いています」

「それが彼女に必要となると思ったから教えただけ。ミナは素直で物覚えもいいから教えるのも苦ではありませんでしたわ」

呪いのせいとはいえ、生まれた時から実の家族に酷い扱いを受け、家を出たあとも裕福ではない田舎の行商人の娘として育ち、その養父母を失い孤児院にやってきた。

そんな経験を持ちながらも、ミナはいつも明るく素直だった。汚れることのなかった清くて強い心があるからこそ、女神に愛され力を授けられたのだろう。

そのミナは今、アルフォンスと楽しそうに踊っている。

ファーストダンスは伝統的で格式のある曲だったが、今流れているのは若者が好む明るくて賑やかな音楽だ。緊張が抜け、アルフォンスに笑顔を向けるミナはとても幸せそうだった。

(ダンスもあんなに上手く踊れるなんて……本当に努力したのね)

アンネリーゼはミナにダンスは教えなかった——いや、教えられなかったのだ。

かつて王太子ハルトヴィヒの婚約者で才色兼備と称えられたアンネリーゼだったが、ダンスだけは苦手だった。

ハルトヴィヒのリードでなんとか形になっていたものの……初めて公の場で踊った時は何度も彼の足を踏んでしまい、以降も間違えないようにするのが精一杯で、ミナのように楽しく踊ることはできなかったのだ。

今日の舞踏会も、ミナの晴れ舞台を見届けたい思いで出席したけれどダンスだけは誘われても断ろう、そう心に誓ってやってきたのだ。

「アンネリーゼ嬢。一曲お相手願えますか」

早速きた。

断ろうと声のした方を向いたアンネリーゼは瞠目した。

「……ハルトヴィヒ殿下……」

穏やかな笑顔でハルトヴィヒがアンネリーゼの前に立った。

「――申し訳ございません。今日は踊らないことにしていますの」

「それは誰の手も取らないという意味？　それとも……相変わらずダンスは苦手？」

「シスターにダンスは必要ありませんから」

アンネリーゼはハルトヴィヒを睨むように見た。

「追放されてからは一度も踊ったことがありませんわ」

アンネリーゼのダンスの腕を一番知っているのはハルトヴィヒだ。踊りたくないと思っていることもわかっているだろうに。

「そう……でも誰とも踊らない訳にはいかないだろう」

舞踏会はその名のとおり、ダンスを通して親交を深める場だ。一曲も踊らず帰るのは主催者に失礼とされている。それくらいアンネリーゼもわかっている。

それでも、下手なダンスを見られて恥を晒すくらいなら、失礼であっても踊らず帰った方がどれほど良いだろう。

「元から苦手な上に、長く貴族社会から離れていたせいでダンスを忘れてしまいましたの」

だから踊らなくても大目に見てもらおう、アンネリーゼはそう目論んでいた。

「そうか……実は私も五年間、誰とも踊っていなくてね」

思いがけないハルトヴィヒの言葉にアンネリーゼは目を見開いた。

「だが今日は祝いの場でもある。どうしても一曲は踊れと父上から命じられているんだ」

「そういえば殿下が踊っている姿を見ていませんね」

ハルトヴィヒの言葉を裏付けるようにアルトゥールが言った。

「舞踏会に出席するのも随分と珍しいですし」

「今までは魔術団の仕事を理由に避けていたからな。だがこれからはそうもいかない」

答えて、ハルトヴィヒは改めてアンネリーゼに手を差し出した。

「どうか助けると思って踊ってもらえないだろうか」

「……私ではなく他の方を誘えばよろしいでしょう」

「長く踊っていないから、一番慣れている君がいいんだ」

「――一曲だけですわ」

小さくため息をついて、アンネリーゼはハルトヴィヒの手に自分の手を重ねた。

ダンスを終えて戻ってきたミナは、入れ替わるようにアンネリーゼとハルトヴィヒがフロアに向かうのを見て驚いたように振り返った。

「絶対踊らないと言っていたのに……」

アンネリーゼからダンスを教えなかった理由を説明された時に、今日の舞踏会にも参加はするけど絶対踊らないとアンネリーゼは宣言していたのだ。

「あれは殿下の戦略に乗せられたね」

アルトゥールが言った。

「王子様たちは女性を絆《ほだ》すのが得意なのね」

その隣でフランツィスカが小さくため息をつく。

「戦略？」

「相手の優しさにつけ込んで逃げ道を塞ぐのよ」

「――その言い方だと私がミナの逃げ道を塞いだと？」

「あら、違うのですか？」

眉を顰めたアルフォンスにフランツィスカは笑みを浮かべると、視線をフロアへ送った。

「この場で踊るなんて、あの二人が復縁したと周知させるようなものですわ。殿下に恥をかかせる訳にはいかないというアンネリーゼ様の優しさにつけ込んだのでしょう」

話が読めず首を傾げたミナに、フランツィスカは経緯を説明した。

「……でも……アンネリーゼ様もハルトヴィヒ殿下のこと、好きだと思うわ」

ミナは言った。

「だからつけ込んだという訳でも……」

「そういう女心につけ込んだということよ。いい、王家主催の舞踏会で殿下が最初に踊る相手は本命なのよ」

フランツィスカはぴっと指を立てた。

「好き合っているから結婚できるとは限らないわ。でもアンネリーゼ様が殿下の本命であると知れ渡ったら他の男性たちは言い寄れなくなるの。そうやって周囲を固めて逃げられなくするのよ」

「……そうなの……色々と大変なのね……」

妙に感心しながらミナは頷いた。

かつて婚約者だったハルトヴィヒとアンネリーゼの登場に、場内にざわめきが広がった。

注目されることはわかっていたが、久しぶりの公の場と貴族たちの視線、そして苦手でしかも五年ぶりのダンスにアンネリーゼの身体が強張る。

「大丈夫。次はゆっくりな曲だから」

ハルトヴィヒはアンネリーゼを抱き寄せた。

「この曲ならば君も踊れるだろう」

少ないステップで踊るこの曲は、アンネリーゼが唯一もたつかずに踊れる曲だった。

「ああ、懐かしいね、こうやって踊るのは」

アンネリーゼをリードしながらハルトヴィヒが言った。

「……そうですわね」

「五年ぶりとは思えないな」

「殿下こそ……」

「身体が覚えているのかな」

目を細めたハルトヴィヒに見つめられ、アンネリーゼは思わず視線を逸らせた。

「アンネリーゼ……君の所に婚姻の申し込みは何件来ている?」

アンネリーゼの耳元で囁くようにハルトヴィヒは尋ねた。

「……知りませんわ。私は見ていませんもの」

「見ていない？」

「父に全てお断りするよう伝えていますから」

アンネリーゼが戻ったという噂を聞きつけて、公爵家には婚姻の申し込みの書状が毎日のように届いていると聞いている。けれど今はまだそういうことは考えたくないと、全て断るよう頼んだのだ。

親が婚姻相手を決めるのが常識であるこの貴族社会でそれは本来ならば許されることではないが、娘に引け目のある公爵はアンネリーゼの要求を呑んだのだ。

「そう……じゃあ」

少し思案して、ハルトヴィヒは再びアンネリーゼの耳元に口を寄せた。

「私が申し込んでも断られてしまうのかな」

「――私、浮気をされるのはもうこりごりなんですの」

「……だから結婚はしないと？」

「少なくとも同じ相手に裏切られるのは絶対に嫌ですわ」

確かにあの頃のアンネリーゼの態度にも問題はあったけれど――そもそもの原因はハルトヴィヒの心変わりだ。魔女に魅了されたせいとはいえ、ハルトヴィヒが他の女に心を移した事実は消えない。そしてアンネリーゼが心に受けた傷も。

本当に――呪いが消えると共に消えてしまえば良かったのに。あの過去の出来事も……まだ心に残るこの感情も。背中に感じる彼の手も、声も、匂いも。

修道院での厳しい務めを経ても、五年間貴族社会から離れていても、忘れることはできなかった。

何度懐かしいと……恋しいと思っただろう。裏切られた相手にまだ心を残してしまうなんて、ただ辛いだけなのに。

だからハルトヴィヒとの復縁は望んでいなかった。もう一度彼に裏切られたら……今度はどれだけ傷つくのだろう。それが怖いのだ。

「私が君にしたことは許されることではない。それはわかっている……それでも、私には君しかいないんだ」

ぐ、と背中の手に力がこもる。

「私が愛しているのは君だけだ。生涯君だけを愛すると女神に誓う。……それでもダメか？」

「――人の心は変わりますわ」

「初めて会った時から……私はずっと、君だけだ」

わかっている。魔女が現れる前、ハルトヴィヒは心からアンネリーゼを愛してくれていた。心変わりも呪いのせいだ。

決してハルトヴィヒのせいではないと、わかってはいるのだ。

「私といることで君が過去に苦しめられてしまうこともわかっている……それでも私は君と共にいたい。頼む、もう一度やり直す機会を与えてはくれないだろうか」

「……一度だけですわ」

アンネリーゼは答えた。

「二度目はありませんわ」

「ああ、わかっている」

「次に心変わりしたら……私はまた修道院へ入ります」

「そんなことはさせないと約束する」

ハルトヴィヒはアンネリーゼを抱きしめた。途端に遠くから悲鳴のような歓声が上がるのが聞こえた。

「絶対に、二度と君を裏切らない」

「……絶対ですわ」

「ああ。必ずだ」

そこまで言うのなら、もう一度くらい信じてみよう。

アンネリーゼはそっと手を伸ばすとハルトヴィヒを抱きしめ返した。

◆エピローグ　新しい始まりの予感

春休み明けの学園は、新入生たちの初々しい声に満ちていた。

どの生徒も期待と不安に満ちた表情を浮かべている。

(自分もあんなだったろうか)

彼らへ視線を送りながらそう思い、エドモントは即座に首を振って否定した。

入学した頃のエドモントは自分の立場を受け入れられず、捻くれていた。今は一組のリーダーとしてクラスをまとめる役目に充実感を得ているけれど……一年前の自分だったら絶対にあり得ないだろう。

邪神が消えたことで魔物もその数が激減した。だから魔法学園への入学希望者も減るかと思われたが、今年の新入生の数は去年よりも多いという。

これまで魔物討伐のための知識や技術が中心だった授業内容を改め、魔法を領地経営や医療などに役立てるための知識も教えていくことになったのも理由の一つだ。

そのためか、平民の入学生が特に増えたと聞いていた。

魔術団でもこの度研究所を新たに設け、多岐に渡る魔法の研究開発を行なっていくことになった。ちなみに研究所の所長はエドモントの兄、エーミールだ。

卒業後の選択肢は増えたが、エドモントは当初の予定どおり魔術団に入り、魔物討伐に関わっていくつもりだ。魔物が減ったとはいえ、いなくなった訳ではなく、魔物討伐の知識や技術は今後とも継いでいかなければならない。それがエドモントの使命だと自負している。

ミナは学園を退学した。お妃教育との両立が厳しいためだ。

本人は辞めたくないと思っているのだが、周囲、特にアルフォンスが無理だと説得したのだ。エドモントから見ればミナはそんなにひ弱ではないし、根性も体力もあると思うのだが。どうもあの王子にとって婚約者は繊細で守るべき存在らしい。

そのアルフォンスも王太子となり本格的に帝王学を学ぶため、学園は休むことが増えるという。

学園も、周囲も色々と変化していくが、エドモントは変わらず魔法の腕を磨いていくだけだ。

「エドモント様！」

学園長室へ向かおうとしていたエドモントは名を呼ばれ、振り返った。

「お久しぶりです！」

一人の少女がこちらへ向かって走ってきた。

高い位置で一つにまとめた髪と大きな瞳が快活な印象を与える、愛らしい面立ちの少女だ。

「……私のこと、覚えていますか？」

不安そうにエドモントを見上げるその瞳には見覚えがあった。

「――クリスティーン嬢……？」

「はいっ！」

ぱっと明るくなったその表情には、遠い記憶にある幼い少女の面影があった。

クリスティーンの姉、コンスタンツェ・バルリングはかつてエーミールの婚約者だった。バルリング家は辺境伯として、国防の一端を担っている。代々魔力も強く、魔術師を束ねる立場のアーベントロート家との婚姻は国の戦略としての政略結婚だった。

だが五年前、魔女に魅了されたエーミールと婚約破棄をし、そののちコンスタンツェは領地に戻り幼馴染と結婚したと聞いていた。

クリスティーンとエドモントはバルリング一家が王都に来た時に何度か会ったことがある。

幼い二人には大人たちの会話は退屈だろうから外で遊んでくるよう庭へ追い出されたのだが、女の子と接する機会のなかったエドモントはクリスティーンをどう扱ったら良いのかわからず、ただ庭を黙々と歩くばかりだった。

クリスティーンはそんなエドモントに文句を言うことも飽くこともなく……むしろどこか楽しそうに、エドモントのうしろをちょこちょこと付いて歩いていたのだ。さすがにただ庭を歩き回るだけでなにも話さないのはまずいけれど、なにを話していいのかわからなかったエドモントが覚えたばかりの魔法を見せると青い目を輝かせて見つめていた。

すっかり成長したけれど、クリスティーンの瞳はあの時のままだった。

「クリスティーン嬢もこの学園に入ったのか」

「はい。そのために家でずっと魔法の勉強をしていました」

さらに瞳を輝かせてクリスティーンは言った。

「私、魔術団に入れるくらい強くなってエドモント様と結婚するんです！」

「……は？」

「一目惚れだったんです。でもお姉様とエーミール様が結婚するから私はダメだと言われて」

クリスティーンは頬を膨らませた。

「お姉様たちの婚約が解消したからいいでしょうって言ったら、あんな裏切り者の弟の所になんかやれないって。裏切ったのは魔女のせいでエドモント様は悪くないのに。だから私、決めたんです」

強い光を宿した瞳がエドモントを見上げた。

「魔法学園でいい成績を修めて、エドモント様にふさわしいって認めてもらおうって。そうしたらエドモント様、私をお嫁にもらってくれますか？」

「え、あ、ああ……」

相手の勢いにエドモントが思わず頷くと、クリスティーンは再び顔を輝かせた。

「約束ですよ！　それでは入学式があるので失礼します」

ぺこり、と頭を下げるとクリスティーンは再び走って戻っていった。

「――え……嫁？」

小さくなっていく背中を見つめながら、エドモントはクリスティーンの言葉を反芻し……瞠目した。

クリスティーンと最後に会ったのは六年以上前。まだ彼女は十歳くらいだったはずだ。それまでも数えるほどしか会ったことがない自分を……？

困惑するエドモントの脳裏に自分をまっすぐに見つめる青い瞳が浮かんだ。――そういえば女の子は苦手だったけれど、彼女に見つめられるのは嫌ではなかった。

「……今年もなにが起きるかわからないな」

クリスティーンが去った方を見やり呟くと、エドモントは再び歩き出した。

◆エピローグ2　想いと決意

「わあ……」

眼下に広がる景色にミナは思わず声を上げた。

山の中腹にある、見晴らしが良いこの場所からは王都が一望できる。豊かな水がゆったりと流れる川と緑濃い山々を背景に、城壁に囲まれた王都の姿はまるで絵画のように美しかった。

「とても眺めのいい場所にあるんですね」

ミナは隣に立つアルフォンスを見上げた。

「ああ。死んだ後も王都を見守り続けたいという初代の希望でここに建てたんだ」

「そうなんですね」

ミナは背後の霊廟《れいびょう》を振り返った。

白い石造りの大きな建物の中には歴代の王と王妃が埋葬されている。結婚式を目前に控えこの地を訪れたのは、ミナが王太子妃となることを先祖に報告し、二人で力を合わせて国に身を捧げる誓いを立てるためで、結婚前に行う大切な儀式のひとつだ。

「向こうに東屋がある。そこで休憩しよう」

アルフォンスに手を引かれて着いた東屋には、既にミナの好きな花茶と焼き菓子が並べられていた。

「長いようであっという間だったな」

「はい」

並んで座り、景色とお茶を堪能しながらミナはアルフォンスの言葉に頷いた。婚約してから一年半以上。来週迎える二人の十九歳の誕生日に結婚式は行われる。

本来ならばお妃教育は幼い頃から行うが、ミナは始めてから二年も経っておらず、まだまだ学ばなければならないことが多い。だから結婚するのはまだ早いとミナは思っているのだが、一日でも早く結婚したいアルフォンスと『お前たちが結婚しないと後がつかえているんだ』というハルトヴィヒからの圧で今年結婚式を挙げることになったのだ。

ハルトヴィヒはアンネリーゼと再び婚約した。来年結婚予定でトラウトナー公爵家に婿入りし、ゆくゆくは公爵位を継ぐのだという。アンネリーゼとは定期的に会っているが、とても幸せそうだ。

(本当に……毎日大変だけどあっという間だった)

お妃教育に結婚式の準備と目まぐるしく日々が過ぎていった。邪神討伐は二年近く前のことだけれど、もうずっと昔のことのように思えた。

(魔法学園に入学した時は、将来は魔術師になって魔術団で働くと思っていたのに)

入学式の日。学園の門をくぐり前世の記憶を取り戻してから全てが変わった。本当に——まさか自分が女神に望まれ別の世界に転生し、こうやって王太子妃になるなんて。あの時の自分が知ったらどう思うだろう。

「ミナ。疲れたか？」

黙り込んだミナの顔をアルフォンスは心配そうに覗き込んだ。

「いえ、思い出していたんです。学園に入ってから色々なことがあったなと」

「ああ。そうだな、本当に色々あった」

アルフォンスは目を細めた。

「こうして生涯を共にしたいと望む最愛の相手と出会い、王太子になるなど、二年半前には思いもよらなかった」

アルフォンスは手を伸ばすと、照れたのか少し赤くなったミナの頬に触れた。

「ミナ、ありがとう」

「え?」

「この世界に生まれてきてくれて。君と出会えて本当に良かった」

「アルフォンス様……」

「ミナ――私の唯一」

アルフォンスの顔が近づいてくると、ミナはそっと目を閉じた。


「いつまでも慣れないな」

口づけの間、身体をこわばらせていたミナにアルフォンスはくすりと笑みをもらした。

「結婚したらキスだけでは済まないのに」

アルフォンスの言葉にミナの顔がかあっと赤く染まった。

何度も口づけているが、その度にミナは恥ずかしがったり緊張したりする。その様子は可愛らしいが、いつもアルフォンスからするばかりだ。『好き』や『愛している』という言葉もアルフォンスからは毎日のように伝えていて、それにミナも応じてはいるが、彼女から先に言われたことはない。

もっとミナからも態度や言葉を伝えて欲しい、そう思っているのだが――どうもミナは性格的に自分から表現するのが苦手らしい。そんなところも彼女の良さであり愛らしい所なのだが、アルフォンスとしては正直不満があるのも事実だ。

「……そ、そうなんですけど」

「その口調も結婚したら変えないとな」

「これは……」

どうしても平民だった頃の意識が抜けなくて、ミナは未だにアルフォンスに対して丁寧な口調になってしまう。けれどフランツィスカも婚約者に対してこんな感じではと思ったのだが、一度それを言ったら『私たちは同じ歳なのだし、距離を感じるから止めて欲しい』と言われたのだ。意識して変えようとはしているのだけれど、つい戻ってしまいなかなか難しい。

「ミナ」

アルフォンスの手がミナの腰に回った。

「あ、アルフォンス様。ここでは……」

抱き寄せようとしたアルフォンスにミナは抵抗しようとした。護衛や侍女の多くいる、しかも霊廟の敷地内でこれ以上いちゃつくのは恥ずかしいのだ。

『様』もいらないといつも……」

ふとアルフォンスは眉をひそめた。

「また痩《や》せたか？」

「え？」

「結婚式の準備や妃教育で忙しいだろう。ちゃんと食べているか？　ミナはただでさえ食が細いのだから」

「食べてます！」

ミナは首を強く振った。未だにアルフォンスはすぐミナを休ませようとしたり、食べさせようとするのだ。

アルフォンスは婚約するより前からミナに対して過保護だったが、婚約から一年以上経ってもそれは変わらず、むしろ学園を退学しお妃教育に専念するようになってからはさらに過保護になってしまった。

「しかし、前より腹が細くなったような……」

「これはウエディングドレスを着るために運動しているんです」

ウエディングドレスの形に決まりは特にないらしいので、純白のドレスを選んだ。大きく膨らんだプリンセスラインでスカートの裾部分はとても長くした、前世で憧れたドレスだ。コルセットは使わず、背中部分が大きく開いたデザインにしたので、ウエストと背中を引き締めようと毎晩ストレッチをしているのに、せっかくの努力を台無しにしないで欲しい。

「……運動などしなくても、今のままでも十分だろう」

「少しでもより綺麗に見えるようにしたいんです」

ドレスは何度も着る機会があるけれど、ウエディングドレスは一生に一度きりなのだ。

「そういうものか」

「そういうものです」

「だが無理はするな。それで体調を崩しては元も子もない」

アルフォンスはミナを引き寄せた。

「無理はしていません」

「本当か？　ミナは毎日頑張り過ぎるくらい頑張っているだろう」

「……それは時間が足りないからです。でも、無理はしていないので大丈夫ですから」

正直辛いと思う時もあるけれど、でも今は多少無理をしても頑張らなくてはいけない大事な時だと思っている。

「しかし……」

「私は、恩返しがしたいんです」

ミナは言った。

「恩返し？」

「はい。私をこの世界に連れてきてくれた女神と、私を愛してくれる人たちに」

前世のミナは死ぬ時まで両親からの愛を得られなかった。そんなミナの最期の願いを聞いた女神がこの世界に転生させてくれたのだ。転生後は呪いのせいで苦労したけれど、自分を愛してくれる家族や友人、そしてアルフォンスというかけがえのない存在を得ることができた。

今の自分はとても幸せだと思う。だから女神、そして皆に恩返しをしたいのだ。

「そのためには王太子妃としての役目を果たすことが大切だと思っています。だからお妃教育を頑張って、結婚式ではお妃として相応しい姿を見せたいんです」

「――そうか。ミナは本当に……優しくて努力家で。最高の妃だ」

アルフォンスはミナを抱きしめた。

「ミナの考えは、確かに妃として立派なのだろう。けれど私はそうやって頑張る君が心配だ」

「……はい」

「君が頑張りすぎて倒れたり、病気になるようなことが起きるのが怖いんだ」

「でも、その時は回復魔法で治せます」

「そういう問題じゃない」

ミナの答えにため息をつくと、アルフォンスはミナの頭を撫でた。

「すぐに治せるとしても、私は君が苦しむのは嫌なんだ」

「……私はそんなに弱くないです」

「それでもだ」

「アルフォンス様は心配性ですね」

「当然だろう」

アルフォンスは撫でていた手を止めるとミナの顔を覗き込んだ。

「ミナを愛しているのだから」

再び顔を赤く染めたミナの頬に口づけると、アルフォンスはミナの左手を取った。

「この世界に生まれてくれて、私の妃となることを選んでくれた。ミナがいなければ私は王太子になる覚悟ができなかっただろう」

「アルフォンス様……」

ミナの薬指に光る薔薇の指輪にアルフォンスは口づけを落とした。

「私は女神に誓って、一生かけてミナを守ると誓う」

顔を上げ、ミナを見つめてアルフォンスはそう言った。

「ミナが幸せでいられるよう、決して辛い思いはさせないと誓う」

「……ありがとうございます」

アルフォンスを見つめ返してミナは答えた。

「私も……アルフォンス様が幸せでいられるよう、アルフォンス様の隣に立ち続けられるよう頑張ります」

「頑張らなくてもいいのだが」

「いえ、頑張らせてください」

ミナは微笑んだ。

「今はお妃になるために頑張ることが楽しいのですから」

「……そうか」

「はい。それに……」

一度視線を落として、ミナは再びアルフォンスを見上げた。

「私は、愛する人の役に立ちたいです」

「……ミナ」

「アルフォンス様……大好きです」

首を伸ばしたミナの唇がアルフォンスのそれに触れた。

「――ああ……これは」

アルフォンスの耳が赤く染まった。

「確かに……されると照れるものだな」

「……私は……自分からの方が恥ずかしいです」

「だが悪くない」

自分よりも耳を赤くしたミナをアルフォンスは抱きしめた。

「頑張るというならば、こうやってミナからもキスや愛の言葉をもっともらいたいな」

「……が、頑張ります」

「ああ、それを一番頑張って欲しい」

「……はい……」

「愛しているよ、ミナ」

「……私も……愛しています」

ミナの顔が真っ赤になったのを隠すように、夕陽が二人を赤く染めていった。

おわり

あとがき

小説投稿サイトに投稿した、いくつかの小説の中の一つに「コミカライズしませんか」とお声がけいただき、さらにこの度小説の方も書籍という形にしていただくことになりました。

ありがたい気持ちでいっぱいです。


小説の書き方は色々ありますが、私の場合はプロットをあまり作り込まずに「書きながら育てていく」タイプです。

ミナというヒロイン、そしてヒーロー・アルフォンスを作り、二人の物語を考え、書いていくうちに周囲のキャラクターが生まれて育っていく。

そうして一つの物語ができ上がっていきますが、思いも寄らない方向に話が進んでいったり膨らんだり、自身でも想像がつかなかったような展開になることも少なくありません。

今回は、サブキャラの中で特にアルフォンスの兄ハルトヴィヒとアンネリーゼのカップルに思い入れが強くなりました。二人は過去にあった事件の当事者ということで少しだけ出す予定だったのが、色々エピソードを盛りたくなり、結局よりを戻すところまで書いてしまいました。

それからアルフォンスのライバル、エドモントも当て馬キャラになってしまうのが嫌だったので、エピローグに新しい出会いを入れました。

他のキャラたちにもそれぞれ思い入れがあって、皆が幸せになれたらいいなあと願いながら書きました。

書籍化にあたり、書き下ろしとして最後にミナの結婚式直前の話を追加しました。このエピソードを書くのに改めて読み返して、その後の二人のことを想像するのも楽しかったです。

お声がけいただいた笠倉出版社のご担当者様、可愛くて素敵なイラストを描いてくださった南々瀬《ななせ》なつ様、魅力的なキャラビジュアルを生み出して下さった絢月《あづき》マナミ様。

そして投稿サイト時代からの読者の方、コミカライズで作品を知ってくださった方、この本で初めてこの物語を読んでくださった方。皆様に感謝いたします。

ありがとうございました。

冬野月子《ふゆのつきこ》

死に戻りをきっかけに虐げてきた家族への復讐を
決意したスフィア。
過去に関わりのなかったはずの王子が協力し、
求愛してくるが…!?
もう一度やり直そう。今度は間違えないように。
Niμ NOVELS
2023年1月18日発売
「あなたが今後手にするのは
全て私が屑籠に捨てるものです」
著:音無砂月
イラスト:御子柴リョウ

ファンレターはこちらの宛先までお送りください。

〒110-0015　東京都台東区東上野2-8-7
笠倉出版社　Niμ編集部

冬野月子 先生／南々瀬なつ 先生

空の乙女と光の王子
-呪いをかけられた悪役令嬢は愛を望む-

2023年1月1日　初版第1刷発行

著　者
冬野月子

発 行 者
笠倉伸夫

発 行 所
株式会社　笠倉出版社
〒110-0015　東京都台東区東上野2-8-7
[営業]TEL　0120-984-164
[編集]TEL　03-4355-1103

印　刷
株式会社　光邦

装　丁
CoCo.Design 小菅ひとみ

Niμ公式サイト　https://niu-kasakura.com/

ISBN　978-4-7730-6400-1
Printed in Japan